공부가 되는

한국대표

단편 **3**

공부가 되는

한국대표단편 3

초판 1쇄 발행 2011년 12월 12일
초판 3쇄 발행 2018년 5월 30일

지음 김동리 외
엮음 글공작소

책임편집 윤소라
책임디자인 오세라

펴낸이 이상순
주   간 서인찬
편집장 박윤주
기획편집 한나비, 김한솔, 김현정
디자인 유영준, 이민정
마케팅 홍보 이상광, 이병구, 신희용, 오은애

펴낸곳 (주)도서출판 아름다운사람들
주소 (10881) 경기도 파주시 교하읍 회동길 103
대표전화 (031)955-1001 **팩스** (031)955-1083
이메일 books777@naver.com
홈페이지 www.books114.net

ⓒ2011, 글공작소
ISBN 978-89-6513-124-3 63810
ISBN 978-89-6513-125-0 (세트)

공부가 되는
한국대표
단편 3

지음 김동리 외 | **엮음** 글공작소 | **추천** 정명순 (대송초등학교 교사)

아름다운사람들

공부가 되는 한국대표단편 3

아이들이
『공부가 되는 한국대표단편』을
읽으면 좋은 이유

1 위대한 문학이 위대한 사람을 만든다

역사적으로 위대한 성인이나 세상을 바꾼 리더들은 늘 문학을 가까이하며 아꼈습니다. 스티브 잡스는 셰익스피어 책을 끼고 살았고 아인슈타인은 당대의 위대한 문인들과 교류하였으며 간디는 톨스토이를 존경했고 자신의 고민을 그와 편지로 나누기도 했습니다. 그래서 그들은 엔지니어에서 세상을 바꾼 사람으로, 단순한 과학자에서 평화를 지키는 과학자로, 변호사에서 세계의 성인으로 다시 태어날 수 있었습니다.

문학은 사람을 이해하고 사랑하게 하는 영혼의 양식과도 같습니다. 왜냐하면 우리는 문학을 통해 우리가 경험할 수 없는 다양한 계층과 인종, 다양한 생각과 삶의 방식을 만날 수 있기 때문입니다. 이처럼 나와 다른 삶과 생각을 만남으로써 우리는 인간에 대한 이해와 배려, 사람에 대한 통찰력을 기를 수 있습니다.

2 한국 문학의 백미, 한국대표단편

『공부가 되는 한국대표단편』은 우리 아이들이 중·고등학교의 학과 수업이나 교과서를 통해 반드시 배우게 되는 문학 작품뿐 아니라 근현대를 거쳐 한국을 대표한다고 할 수 있는 가장 빼어난 문학 작품을 선별하여 실었습니다. 이 작품들이 한국의 대표단편이라고 불릴 수 있는 것은 빼어난 문학적 완성도와 함께 한국적 한과 정서를 가장 잘 담고 있기 때문입니다. 그렇기에 한국대표단편은 현재의 우리를 제대로 돌아보고 새로이 만나게 하는 또 다른 거울과도 같은 역할을 합니다.

3 감동과 여운 그리고 인간의 존엄성

여섯 살 소녀의 눈으로 어머니의 애틋한 사랑과 마음을 그려 낸 주요한의 「사랑손님과 어머니」, 소금을 뿌린 듯한 메밀밭의 풍경과 한이 담긴 인물의 이야기를 낭만적으로 그려 낸 이효석의 「메밀꽃 필 무렵」 그리고 한 편의 수채화를 보는 듯한 소년, 소녀의 순수한 사랑이 담긴 「소나기」 등은 문학의 참 묘미와 감동을 우리에게 전해 줍니다. 그것은 우리 문학이 서양의 문학처럼 화려하게 채워서 가슴 벅차기보다는 뒤돌아서서 가슴 가득 무언가 스며들게 하는 특유의 여운을 남기기 때문입니다. 또한 소박하고 투박하고 어설픈 인간들의 좌충우돌 속에 묵묵히 삶을 살아 내는 인간의 아름다운 존엄성이 배여 있기 때문입니다.

4 공부의 즐거움을 깨치는 〈공부가 되는〉 시리즈

〈공부가 되는〉 시리즈는 공부라면 지겹게만 여기는 우리 아이들에게 공부의 즐거움을 깨쳐 주면서 아울러 궁금한 것이 많은 우리 아이들의 지적 호기심을 동시에 해결해 주는 시리즈입니다. 공부의 맛과 재미는 탄탄한 기초 교양의 주춧돌 위에 세워질 때 그 효과가 배가됩니다. 그리고 그 기초 교양은 우리 아이들이 학습에서 자기 주도적 능력을 이끌어 내는 데 큰 밑거름이 됩니다. 『공부가 되는 한국대표단편』은 예술성 높은 우리 문학의 감동과 위대함을 고스란히 전달하면서 우리 아이들의 감성과 인간과 세계에 대한 통찰력을 동시에 높여 줄 것입니다. 부디 우리 아이들이 이 책을 통해 우리 문학과 문화 그리고 무궁무진한 상상력과 사고력을 함께 배양하기를 바랍니다.

동백꽃

김유정

> 제 집께를 할끔할끔 돌아보더니 행주치마의 속으로 꼈던
> 바른손을 뽑아서 나의 턱밑으로 불쑥 내미는 것이다.
> 언제 구웠는지 아직도 더운 김이 홱 끼치는
> 굵은 감자 세 개가 손에 뿌듯이 쥐었다.
> "느 집엔 이거 없지."
> 하고 생색 있는 큰소리를 하고는 제가 준 것을
> 남이 알면 큰일 날 테니 여기서 얼른 먹어 버리란다.

오늘도 또 우리 수탉이 막 쫓기었다. 내가 점심을 먹고 나무를 하러 갈 양으로 나올 때이었다. 산으로 올라서려니까 등 뒤에서 푸드득푸드득 하고 닭의 횃소리가 야단이다. 깜짝 놀라서 고개를 돌려 보니 아니나 다르랴 두 놈이 또 얼리었다.

점순네 수탉(은 대강이가 크고 똑 오소리 같이 실팍하게 생긴 놈)이 덩저리* 작은 우리 수탉을 함부로 해내는 것이다. 그것도 그냥 해내는 것이 아니라 푸드득 하고 모가지를 쪼았다. 이렇게 멋을 부려 가며 여지없이 닦아* 놓는다. 그러면 이 못생긴 것은 쪼일 적마다 주둥이로 땅을 받으며 그 비명이 킥, 킥, 할 뿐이다. 물론 미처 아물지도 않은 면두*를 또 쪼이어 붉은 선혈은 뚝뚝 떨어진다.

이걸 가만히 내려다보자니 내 대강이가 터져서 피가 흐르는 것 같이 두 눈에서 불이 번쩍 난다. 대뜸 지게막대기를 메고 달려들어 점순네 닭을 후려칠까 하다 생각을 고쳐먹고 헛매질로 떼어만 놓는다.

이번에도 점순이가 쌈을 붙여 났을 것이다. 바짝바짝 내 기를 올리느라고 그랬음에 틀림없을 것이다. 고놈의 계집애가

얼리다 … 서로 얽히다.

덩저리 … '몸집'을 낮잡아 이르는 말.

닦다 … 성가시게 군다는 뜻인 '볶다'의 북한어.

면두 … '볏'의 사투리.

요새로 들어서 왜 나를 못 먹겠다고 고렇게 아르렁거리는지 모른다.

나흘 전 감자 쪼간*만 하더라도 나는 저에게 조금도 잘못한 것은 없다. 계집애가 나물을 캐러 가면 갔지 남 울타리 엮는데 쌩이질*을 하는 것은 다 뭐냐? 그것도 발소리를 죽여 가지고 등 뒤로 살며시 와서,

"애! 너 혼자만 일하니?"

하고 긴치 않은 수작을 하는 것이다.

어제까지도 저와 나는 이야기도 잘 않고 서로 만나도 본체만체하고 이렇게 점잖게 지내던 터이련만 오늘로 갑작스리 대견해졌음은 웬일인가. 항차* 망아지만 한 계집애가 남 일하는 놈 보구ㅡ.

"그럼 혼자 하지 떠루 하디?"

내가 이렇게 내배앝는 소리를 하니까,

"너 일하기 좋니?"

또는,

"한여름이나 되거든 하지, 벌써 울타리를 하니?"

잔소리를 두루 늘어놓다가 남이 들을까 봐 손으로 입을 틀어막고는 그 속에서 깔깔댄다. 별로 우스울 것도 없는데 날씨

쪼간 ⋯ 어떤 사건.

쌩이질 ⋯ 한창 바쁠 때에 쓸데없는 일로 남을 귀찮게 구는 짓.

항차 ⋯ 하물며.

가 풀리더니 이놈의 계집애가 미쳤나 하고 의심하였다. 게다가, 조금 뒤에는 제 집께*를 할끔할끔 돌아보더니 행주치마의 속으로 꼈던 바른손을 뽑아서 나의 턱밑으로 불쑥 내미는 것이다. 언제 구웠는지 아직도 더운 김이 홱 끼치는 굵은 감자 세 개가 손에 뿌듯이 쥐었다.

"느 집엔 이거 없지."

하고 생색 있는 큰소리를 하고는 제가 준 것을 남이 알면 큰일 날 테니 여기서 얼른 먹어 버리란다. 그리고 또 하는 소리가,

"너 봄 감자가 맛있단다."

"난 감자 안 먹는다. 너나 먹어라."

나는 고개를 돌리려지 않고 일하던 손으로 그 감자를 도로 어깨 너머로 쓱 밀어 버렸다. 그랬더니 그래도 가는 기색이 없고, 뿐만 아니라 쌔근쌔근하고 심상치 않게 숨소리가 점점 거칠어진다. 이건 또 뭐야 싶어서 그때야 비로소 돌아다보니

> ## 김유정 문학촌과 김유정역
>
> 김유정의 문학적 업적을 기리고 문학 정신을 계승하기 위해 그의 고향 강원도 실레 마을에 조성한 문학 공간이 '김유정 문학촌'이에요. 마을 곳곳에는 그의 작품에 등장하는 지명을 둘러보는 문학 산책로가 만들어져 있고 또 당시 모습대로 복원한 작가의 생가와 김유정 문학 전시관 등이 있어요. 또한 같은 이유로 강원도 춘천시 신동면에 '김유정역'을 만들었어요. 김유정역은 우리나라 최초로 역 이름에 사람 이름을 사용한 역으로 2004년 12월 1일에 원래 신남역이던 것을 김유정역으로 이름을 변경했다고 해요.

집께 … 집 쪽.

나는 참으로 놀랐다. 우리가 이 동네에 들어온 것은 근 3년째 되어 오지만 여지껏 가무잡잡한 점순이의 얼굴이 이렇게까지 홍당무처럼 새빨개진 법이 없었다. 게다가 눈에 독을 올리고 한참 나를 요렇게 쏘아보더니 나중에는 눈물까지 어리는 것이 아니냐. 그리고 바구니를 다시 집어 들더니 이를 꼭 악물고는 엎어질 듯 자빠질 듯 논둑으로 횡하게 달아나는 것이다.

어쩌다 동네 어른이,

"너 얼른 시집을 가야지?"

하고 웃으면,

"염려 마세유. 갈 때 되면 어련히 갈라구……."

이렇게 천연덕스레 받는 점순이였다. 본시 부끄럼을 타는 계집애도 아니거니와 또한 분하다고 눈에 눈물을 보일 얼병이도 아니다. 분하면 차라리 나의 등어리를 바구니로 한번 모지게 후려 때리고 달아날지언정.

그런데 고약한 그 꼴을 하고 가더니 그 뒤로는 나를 보면 잡아먹으려고 기를 복복 쓰는 것이다. 설혹 주는 감자를 안 받아먹은 것이 실례라 하면, 주면 그냥 주었지 '느 집엔 이거 없지'는 다 뭐냐. 그렇잖아도 저희는 마름이고 우리는 그 손에서 배지를 얻어 땅을 부치므로 일상 굽실거린다.

얼병이 … 얼간이.

배지 … '패지'의 변한 말. 지위가 높은 사람이 낮은 사람에게 권한을 위임하던 문서.

우리가 이 마을에 처음 들어와 집이 없어서 곤란으로 지낼 제, 집터를 빌리고 그 위에 집을 또 짓도록 마련해 준 것도 점순네의 호의였다. 그리고 우리 어머니 아버지도 농사 때 양식이 달리면* 점순네한테 가서 부지런히 꾸어다 먹으면서 인품 그런 집은 다시없으리라고 침이 마르도록 칭찬하곤 하는 것이다. 그러면서도 열일곱씩이나 된 것들이 수군수군하고 붙어 다니면 동네의 소문이 사납다고 주의를 시켜 준 것도 또 어머니였다. 왜냐하면 내가 점순이하고 일을 저질렀다가는 점순네가 노할 것이고, 그러면 우리는 땅도 떨어지고, 집도 내쫓기고 하지 않으면 안 되는 까닭이었다. 그런데 이놈의 계집애가 까닭 없이 기를 복복 쓰며 나를 말려 죽이려고 드는 것이다.

눈물을 흘리고 간 담날 저녁나절이었다. 나무를 한 짐 잔뜩 지고 산을 내려오려니까 어디서 닭이 죽는 소리를 친다. 이거 뉘 집에서 닭을 잡나, 하고 점순네 울 뒤로 돌아오다가 나는 고만 두 눈이 뚱그랬다. 점순이가 저희 집 봉당*에 홀로 걸터앉았는데 아 이게 치마 앞에다 우리 씨암탉을 꼭 붙들어 놓고는,

"이놈의 닭! 죽어라, 죽어라."

달리다 ··· 재물이나 기술, 힘 따위가 모자라다.

봉당 ··· 안방과 건넌방 사이의 마루를 놓을 자리에 마루를 놓지 않고 흙바닥 그대로 둔 곳.

순행적 구성과 역행적 구성

소설의 구성을 사건의 진행 과정을 기준으로 나누어 보았을 때 그 구성은 크게 두 가지로 나뉘어요. 시간의 흐름에 따라 차례차례 이야기하는 것을 '순행적 구성'이라고 해요. 반면 과거와 현재를 뒤엎어 이야기하는 것을 '역행적 구성'이라고 해요. 「동백꽃」은 역행적 구성의 전형적인 예예요. 이 작품에서 중심 사건은 닭싸움으로, 시간의 흐름에 따라 보자면 닭싸움이 생기게 된 원인부터 설명해야 해요. 하지만 여기에서는 닭싸움이 글의 맨 첫머리에 오고, 그 다음에 원인을 설명하고 있어요. 역행적 구성은 소설을 극적으로 보일 수 있게 해요.

암팡스럽다 ⋯ 몸은 작아도 야무지고 다부진 면이 있다.

쮀지르다 ⋯ 주먹으로 힘껏 내지르다.

요렇게 암팡스레● 패 주는 것이 아닌가. 그것도 대가리나 치면 모른다마는, 아주 알도 못 낳으라고 그 볼기짝께를 주먹으로 콕콕 쥐어박는 것이다.

나는 눈에 쌍심지가 오르고 사지가 부르르 떨렸으나 사방을 한 번 휘돌아보고야 그제서 점순이 집에 아무도 없음을 알았다. 잡은 참 지게막대기를 들어 울타리의 중턱을 후려치며,

"이놈의 계집애! 남의 닭 알 못 낳으라구 그러니?"

하고, 소리를 빽 질렀다.

그러나 점순이는 조금도 놀라는 기색이 없고 그대로 의젓이 앉아서 제 닭 가지고 하듯이 또 죽어라, 죽어라 하고 패는 것이다. 이걸 보면 내가 산에서 내려올 때를 겨냥해 가지고 미리부터 닭을 잡아 가지고 있다가 네 보란 듯이 내 앞에 쮀지르고● 있음이 확실하다.

그러나 나는 그렇다고 남의 집에 뛰어 들어가 계집애하고

싸울 수도 없는 노릇이고 형편이 썩 불리함을 알았다. 그래 닭이 맞을 적마다 지게막대기로 울타리를 후려칠 수밖에 별 도리가 없다. 왜냐하면, 울타리를 치면 칠수록 울섶이 물러 앉으며 뼈대만 남기 때문이다. 허나 아무리 생각하여도 나만 밑지는 노릇이다.

"아, 이년아! 남의 닭 아주 죽일 터이냐?"

내가 도끼눈을 뜨고 다시 꽥 호령을 하니까, 그제야 울타리 께로 쪼르르 오더니, 울 밖에 섰는 나의 머리를 겨누고 닭을 내팽개친다.

"에이 더럽다! 더럽다!"

"더러운 걸 널더러 입때 끼고 있으랬니? 망할 계집애년 같으니."

하고 나도 더럽단 듯이 울타리께를 횅하게 돌아내리며 약이 오를 대로 다 올랐다. 약이 오른 것은 암탉이 풍기는 서슬에 나의 이마빼기에다 물찌똥을 찍 갈겼는데 그걸 본다면 알집만 터졌을 뿐 아니라 골병은 단단히 든 듯싶다.

그리고 나의 등 뒤를 향하여 나에게만 들릴 듯 말 듯한 음성으로,

"이 바보 녀석아!"

울섶 … 울타리를 만드는 데 쓰는 섶나무.

입때 … 여태.

물찌똥 … 설사할 때 나오는, 물기가 많은 묽은 똥.

"얘! 너 배냇병신이지?"

그만도 좋으련만,

"얘! 너 느 아버지가 고자라지?"

"뭐? 울 아버지가 그래 고자야?"

할 양으로 열벙거지가 나서 고개를 홱 돌리어 바라봤더니 그때까지 울타리 위로 나와 있어야 할 점순이의 대가리가 어디 갔는지 보이지를 않는다. 그러나 돌아서서 아까에 한 욕을 울 밖으로 또 퍼붓는 것이다. 욕을 이토록 먹어 가면서도 대거리 한마디 못하는 걸 생각하니 돌부리에 채이어 발톱 밑이 터지는 것도 모를 만치 분하고 급기야는 두 눈에 눈물까지 불끈 내솟는다.

그러나 점순이의 침해는 이것뿐이 아니다.

사람들이 없으면 틈틈이 제집 수탉을 몰고 와서 우리 수탉과 쌈을 붙여 놓는다. 제집 수탉은 썩 험상궂게 생기고 쌈이라면 홰를 치는 고로 으레 이길 것을 알기 때문이다. 그래서 툭하면 우리 수탉이 면두며 눈깔이 피로 흐드르하게 되도록 해 놓는다. 어떤 때에는 우리 수탉이 나오지를 않으니까 요놈의 계집애가 모이를 쥐고 와서 꾀어내다가 쌈을 붙인다.

이렇게 되면 나도 다른 배차를 차리지 않을 수 없었다. 하

배냇병신 … 태어날 때부터의 병신.

열벙거지 … 무척 급하게 치밀어 오르는 화.

홰치다 … 닭이나 새 따위가 날개를 벌리고 탁탁 치다.

루는 우리 수탉을 붙들어 가지고 넌지시 장독께로 갔다. 쌈닭에게 고추장을 먹이면, 병든 황소가 살모사를 먹고 용을 쓰는 것처럼 기운이 뻗친다 한다. 장독에서 고추장 한 접시를 떠서 닭 주둥아리께로 들여 밀고 먹여 보았다. 닭도 고추장에 맛을 들였는지 거스르지 않고 거진[•]반 접시 턱이나 곧잘 먹는다. 그리고 먹고 금시는 용을 못 쓸 터이므로 얼마쯤 기운이 돌도록 홰[•]속에다가 가두어 두었다.

밭에 두엄을 두어 짐 져 내고 나서 쉴 참에 그 닭을 안고 밖으로 나왔다. 마침 밖에는 아무도 없고 점순이만 저희 울안에서 헌 옷을 뜯는지 혹은 솜을 터는지 웅크리고 앉아서 일을 할 뿐이다.

나는 점순네 수탉이 노는 밭으로 가서 닭은 내려놓고 가만히 맥을 보았다. 두 닭은 여전히 얼리어 쌈을 하는데 처음에는 아무 보람이 없었다. 멋지게 쪼는 바람에 우리 닭은 또 피를 흘리고 그러면서도 날갯죽지만 푸드득푸드득 하고 올라 뛰고 뛰고 할 뿐으로 제법 한번 쪼아 보지도 못한다.

그러나 한 번에 어쩐 일인지 용을 쓰고 펄쩍 뛰더니 발톱으로 눈을 하비고[•] 내려오며 면두를 쪼았다. 큰 닭도 여기에는 놀랐는지 뒤로 멈씰하며 물러간다. 이 기회를 타서 작은 우리

거진 … 거의.

홰 … 새장이나 닭장 속에 새나 닭이 올라앉게 가로질러 놓은 나무 막대.

하비다 … 손톱이나 날카로운 물건 따위로 조금 긁어 파다.

수탉이 또 날쌔게 덤벼들어 다시 면두를 쪼니, 그제서는 감때사나운* 그 대강이에서도 피가 흐르지 않을 수 없었다.

옳다 알았다, 고추장만 먹이면 되는구나 하고 나는 속으로 아주 쟁그러워 죽겠다. 그때에는 뜻밖에 내가 닭쌈을 붙여 놓는 데 놀라서 울 밖으로 내다보고 섰던 점순이도 입맛이 쓴지 눈살을 찌푸렸다. 나는 두 손으로 볼기짝을 두드리며 연방,

"잘한다! 잘한다!"

하고, 신이 머리끝까지 뻗치었다.

그러나 얼마 되지 않아서 나는 넋이 풀리어 기둥같이 묵묵히 서 있게 되었다. 왜냐하면, 큰 닭이 한 번 쪼인 앙갚음으로 호들갑스레 연거푸 쪼는 서슬에 우리 수탉은 찔끔 못하고 막 곯는다*. 이걸 보고서 이번에는 점순이가 깔깔거리고 되도록 이쪽에서 많이 들으라고 웃는 것이다.

나는 보다 못하여 덤벼들어서 우리 수탉을 붙들어 가지고 도로 집으로 들어왔다. 고추장을 좀 더 먹였더라면 좋았을걸, 너무 급하게 쌈을 붙인 것이 퍽 후회가 난다. 장독께로 돌아와서 다시 턱밑에 고추장을 들이댔다. 흥분으로 말미암아 그런지 당최* 먹질 않는다.

나는 하릴없이 닭을 반듯이 눕히고, 그 입에다 궐련* 물부

감때사납다 … 억세고 사납다.

곯다 … 속이 물크러져 상하다. 해를 입어 골병이 들다.

당최 … 도무지. 영.

궐련 … 얇은 종이로 가늘고 길게 말아 놓은 담배.

리●를 물리었다. 그리고 고추장 물을 타서 그 구멍으로 조금씩 들이부었다. 닭은 좀 괴로운지 킥킥 하고 재채기를 하는 모양이나 그러나 당장의 괴로움은 매일같이 피를 흘리는 데 댈 게 아니라 생각하였다.

그러나 한 두어 종지 가량 고추장 물을 먹이고 나서는 나는 고만 풀이 죽었다. 싱싱하던 닭이 왜 그런지 고개를 살며시 뒤틀고는 손아귀에서 뻐드러지는● 것이 아닌가. 아버지가 볼까 봐서 얼른 홰에다 감추어 두었더니 오늘 아침에서야 겨우 정신이 든 모양 같다.

그랬던 걸 이렇게 오다 보니까 또 쌈을 붙여 놓으니 이 망할 계집애가 필연 우리 집에 아무도 없는 틈을 타서 제가 들어와 홰에서 꺼내 가지고 나간 것이 분명하다.

나는 다시 닭을 잡아다 가두고 염려는 스러우나 그렇다고 산으로 나무를 하러 가지 않을 수도 없는 형편이었다.

농촌 소설

1930년대 일제 강점기의 농촌은 끊임없는 수탈로 극심한 빈곤에 허덕였어요. 당시 농촌은 그야말로 일제 강점기라는 우리나라 식민지 사회를 단적으로 보여 줄 수 있는 현장이었어요. 그래서 문학에서는 우리나라가 처해 있는 상황을 통찰력 있게 바라보고 향토적인 느낌을 보여 주기 위해 농촌이 배경이 되는 작품을 많이 만들었어요. 농촌을 배경으로 한 문학 작품 중에서도 소설을 '농촌 소설'이라고 해요. 대표작으로는 김유정의 「동백꽃」, 「봄봄」 외에도 이광수의 「흙」, 심훈의 「상록수」 등이 있어요.

물부리 ··· 담배를 끼워서 빠는 물건.

뻐드러지다 ··· 굳어서 뻣뻣하게 되다.

소나무 삭정이를 따며 가만히 생각해 보니 암만해도 고년의 목쟁이를 돌려놓고 싶다. 이번에 내려가면 망할 년 등줄기를 한번 되게[•] 후려치겠다 하고 싱둥겅둥 나무를 지고는 부리나케 내려왔다.

거지반 집에 다 내려와서 나는 호드기[•] 소리를 듣고 발이 딱 멈추었다. 산기슭에 널려 있는 굵은 바윗돌 틈에 노란 동백꽃이 소보록하니 깔리었다. 그 틈에 끼어 앉아서 점순이가 청승맞게시리 호드기를 불고 있는 것이다. 그보다도 더 놀란 것은 그 앞에서 또 푸드득, 푸드득, 하고 들리는 닭의 횃소리다. 필연코 요년이 나의 약을 올리느라고 또 닭을 집어내다가 내가 내려올 길목에다 쌈을 시켜 놓고 저는 그 앞에 앉아서 천연스레 호드기를 불고 있음에 틀림없으리라.

나는 약이 오를 대로 다 올라서 두 눈에서 불과 함께 눈물이 픽 쏟아졌다. 나뭇지게도 벗어 놀 새 없이 그대로 내동댕이치고는 지게막대기를 뻗치고 허둥허둥 달려들었다.

가까이 와 보니 과연 나의 짐작대로 우리 수탉이 피를 흘리고 거의 빈사지경[•]에 이르렀다. 닭도 닭이려니와 그러함에도 불구하고 눈 하나 깜짝 없이 고대로 앉아서 호드기만 부는 그 꼴에 더욱 치가 떨린다. 동네에서도 소문이 났거니와 나도 한

되게 … 아주 몹시.

호드기 … 봄철에 물오른 버드나무 가지의 껍질을 고루 비틀어 뽑은 껍질이나 짤막한 밀짚 토막 따위로 만든 피리.

빈사지경 … 거의 죽게 된 처지나 형편.

때는 걱실걱실히 일 잘하고 얼굴 예쁜 계집애인 줄 알았더니

시방 보니까 그 눈깔이 꼭 여우 새끼 같다.

　나는 대뜸 달겨들어서 나도 모르는 사이에 큰 수탉을 단매

로 때려 엎었다. 닭은 푹 엎어진 채 다리 하나 꼼짝 못하고 그

대로 죽어 버렸다. 그리고 나는 멍하니 섰다가 점순이가 매섭

게 눈을 흡뜨고 닥치는 바람에 뒤로 벌렁 나자빠졌다.

　"이놈아! 너 왜 남의 닭을 때려 죽이니?"

　"그럼 어때?"

　하고 일어나다가,

　"뭐 이 자식아! 누 집 닭인데?"

　하고, 복장을 떼미는 바람에 다시 벌렁 자빠졌다. 그리고

나서 가만히 생각을 하니 분하기도 하고 무안도 스럽고, 또

한편 일을 저질렀으니, 인젠 땅이 떨어지고 집도 내쫓기고 해

야 될는지 모른다.

　나는 비슬비슬 일어나며 소맷자락으로 눈을 가리고는 얼

김에 엉, 하고 울음을 놓았다. 그러나 점순이가 앞으로 다가

와서,

　"그럼, 너 이담부턴 안 그럴 테냐?"

　하고 물을 때에야 비로소 살 길을 찾은 듯싶었다. 나는 눈

걱실걱실 … 성질이 너
그러워 말과 행동을 시
원스럽게 하는 모양.

단매 … 단 한 번 때리
는 매.

복장 … 가슴의 한복
판.

얼김 … 어떤 일이 벌
어지는 바람에 자기도
모르게 정신없이 얼떨
떨한 상태.

「동백꽃」

1936년 〈조광〉에 발표한 「동백꽃」은 당시 농촌을 배경으로 순박한 소년과 소녀의 애정을 해학적으로 그린 김유정의 대표작이라고 할 수 있어요. 특히 역설적인 소녀의 소년에 대한 애정 표현과, 그에 반해 그것이 애정 표현인지 아직 제대로 깨닫지 못하는 소년의 미성숙성이 흥미와 긴장을 주는 작품이에요.

물을 우선 씻고 뭘 안 그러는지 명색도 모르건만,

"그래!"

하고 무턱대고 대답하였다.

"요담부터 또 그래 봐라, 내 자꾸 못 살게 굴 테니."

"그래 그래, 인젠 안 그럴 테야."

"닭 죽은 건 염려 마라, 내 안 이를 테니."

그리고 뭣에 떠다 밀렸는지 나의 어깨를 짚은 채 그대로 퍽 쓰러진다. 그 바람에 나의 몸뚱이도 겹쳐서 쓰러지며, 한창 피어 퍼드러진 노란 동백꽃 속으로 폭 파묻혀 버렸다.

알싸한, 그리고 향긋한 그 냄새에 나는 땅이 꺼지는 듯이 온 정신이 고만 아찔하였다.

"너 말 마라!"

"그래!"

조금 있더니 요 아래서,

"점순아! 점순아! 이년이 바느질을 하다 말구 어딜 갔어?"

하고 어딜 갔다 온 듯싶은 그 어머니가 역정이 대단히 났다.

점순이가 겁을 잔뜩 집어먹고 꽃 밑을 살금살금 기어서 산 알로 내려간 다음 나는 바위를 끼고 엉금엉금 기어서 산 위로 치빼지[*]않을 수 없었다.

치빼다 … 냅다 달아나다.

고구마

현덕

"너 거기서 먹는 게 뭐냐?"

하고 갑자기 소리치자 수만이는 깜짝 놀라 무춤하더니,

얼른 먹던 걸 호주머니에 감추고 입안에 씹던 걸

볼에 문 그대로 고개를 돌린다. 그리고 기수와 인환이

또 여러 아이들의 얼굴을 보자 다시금 놀란다.

기수는 엄한 얼굴로 그 앞에 한 발짝 다가선다.

"너 지금 먹던 거 이리 내놔라."

농업 실습으로 심은 고구마 밭이었다. 더욱이 6학년 갑조 을조가 각기 한 고랑씩 맡아 가지고 경쟁적으로 가꾸는 그 밭 한 모퉁이 넝쿨 밑의 흙이 어지러이 헤집어지고 누구의 짓인 지, 못 돼도 서너 개는 고구마를 캐냈을 성싶다.

"거 누가 그랬을까?"

하고 밭 기슭에 둘러섰는 아이들 등 뒤에서 넘어다보고 섰던 기수가 입을 열자 "흥!" 하고 인환이는 코웃음을 웃으며 다 알고 있다는 얼굴을 한다.

"누구란 말야?"

"누구란 말야?"

하고 인환이 편으로 눈이 모이여 아이들은 제각기 한마디 씩 묻는다. 인환이는 여전히 그런 웃음을 얼굴에 지으며 말이 없이 섰더니

"누구긴 누구야."

하고 퉁명스럽게 한마디 하고, 그리고 음성을 낮추어서

"수만이지, 뭐."

"뭐, 수만이야?"

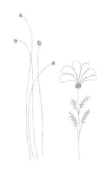

하고 기수는 의외라는 듯 눈을 크게 뜬다.

"그건 똑똑히 네 눈으로 보고 하는 말이냐?"

"보지 않아도 뻔하지, 뭐. 설마 조무래기들이 그랬을 리는 없고 우리들 중에서 그런 짓 할 애가 누구야. 수만이밖에."

"그렇지만 똑똑한 증거 없인 함부로 말할 수 없지 않어?"

그러나 인환이는 피이 하는 표정으로 입을 삐쭉한다.

"똑똑한 증건, 남 오지 않는 아침에 일찍 학교에 오는 놈이 한 짓이지 뭐야. 어제 난 소제*당번으로 맨 나중에 돌아갈 제 보았을 땐 아무렇지도 않았는데."

하고 인환이는 틀림없이 수만이라는 듯 아주 자신 있는 얼굴을 한다. 그리고 다른 아이들도 인환이 말에 응해서 제각기들 아무도 없을 때 오는 놈이 한 짓이라고 입을 모아 말한다.

하긴 수만이는 매일 아침 교장 선생님 댁의 마당도 쓸고 물도 긷고 하고, 거기서 나는 것으로 월사금*을 내 가는 터이라, 남보다 일찍이 학교엘 왔다. 그러나 아이들이 수만이에게 의심을 두기는 다만 아무도 없는 때 학교엘 온다는 이 까닭만이 아니다. 보다는 지나치게 가난한 그 집 형편과 헐벗은 그 주제꼴이 아이들로 하여금 말은 아니하나 까닭 모르게 이번 일과 수만이를 부합해 보게 되는 은근한 원인이 되었다.

조무래기 … 어린아이들을 낮잡아 이르는 말.

소제 … 청소.

월사금 … 다달이 내던 수업료.

그러나 기수만은 아니라는 뜻으로 머리를 젓는다.

"학교엘 먼저 온다는 이유만으로는 정녕 수만이가 그랬단 증거가 못 돼. 그리고 수만이는 내가 잘 알지만 그런 짓 할 애가……."

하고 아니라는 말도 하기 전에 인환이는 듣기 싫다는 듯 손을 젓는다.

"수만이를 잘 알긴 누가 잘 알어?"

하고 기수 앞으로 가까이 다가서며

"그 애 집 근처에 사는 내가 잘 알겠니, 한 동네 떨어져 사는 늬가 더 잘 알겠니?"

그리고 인환이는 전에 수만이 누이동생이 남의 집 밭의 감자를 캐는 걸 자기 눈으로 보았다는 것, 또는 남의 것 몰래 훔쳐 가기로 동네에서 유명하다는 등을 말하며 수만이까지 한통으로 몰아 인환이는 얼굴에 업신여기는 표를 짓는다. 그리고

"넌 수만이 일이라면 뭐든지 덮어 주려고만 하니, 그 애가

월북 작가 현덕

1930년대 후반에 등단한 현덕은 자신의 작품은 도스토옙스키의 영향을 많이 받았다고 말했어요. 그는 월북 전까지 20여 편의 작품을 남겼는데, 그중 특히 그가 발표한 아동과 소년이 주인공으로 등장하는 소설들은 우리나라 아동 문학에 큰 발자취를 남겼어요. 그의 작품에서 아동은 '노마'로, 소년은 '기수'로 대표되는 인물을 주로 내세웠어요. 대표작으로는 「삼형제 토끼」, 「경칩」 등이 있어요.

무슨 네 집 상전이냐? 상전이라도 잘하고 못한 건 가려야지."

"뭐, 수만일 덮어 주려고 그러는 게 아냐. 잘허지 못했단 무슨 증거가 없으니까 허는 말이다. 그리고……."

하고 잠시 인환이 얼굴을 쳐다보다가, 기수는 다시 말을 이어

"네 말대루 정말 수만이 동생이 남의 집 밭에 감자를 캤을지 몰라도, 어린애니까 그러기도 예사고, 또 그걸로 오늘 수만이가 고구마를 캤다는 증거가 될 수는 없지 않느냐 말이다."

그러나 아무리 기수의 말이 경우에 옳다 하더라도, 수만이를 의심하는 아이들의 마음을 풀게 하는 힘이 되지는 못했다. 도리어 아이들은 기수가 수만이 허물을 덮어 주려고 그러는 줄 아는 모양, 아이들은 더욱 인환이 편으로 기울어 간다. 그리고 인환이가

"그럼 넌 수만이의 짓이 아니란 무슨 똑똑한 증거가 있니?"

하고 턱을 대는 데는 기수도 할 말이 없었다. 다만

"수만이 그 애의 인격을 믿고 말이다."

"인격?"

하고 여러 아이들의 비웃음을 받고 말았다.

그러나 다음 하학 시간에도 기수는 고구마 밭에 헤집어진 자리도 전처럼 매만져 놓고, 그리고 벌써 수만이의 짓이란 것이 드러나기나 한 것처럼 떠드는 아이들의 입을 삼가도록 타이르기에 힘을 쓴다.

"너희들 저렇게 떠들다가 나중에 선생님까지 아시게 되고, 그리고 아니면 어떡헐 셈이냐?"

"겁날 게 뭐야. 수만이가 아닐세 말이지."

"어떻게 넌 네 눈으로 똑똑히 본 것처럼 말하니?"

"그럼 넌 어떻게 수만이가 아닐 걸 네 눈으로 본 것처럼 우기니?"

하고 인환이와 기수는 서로 싸우기나 할 것처럼 얼굴을 붉히며 대들다가 무춤하고 물러선다. 바로 당자•인 수만이가 이쪽을 향하고 온다.

아이들은 일시에 조용해졌다. 수만이는 한 손에 찻주전자를 들고 그편으로 고개를 기우듬 땅만 보며 교장 선생님 댁에서 나온다. 그 걸음이 밭 가까이 이르러 아이들 옆을 지나치게 되자, 겨우 얼굴을 들어 어색한 웃음을 지어 보이고는 지나간다. 아이들의 가득하게 의심을 품은 여러 눈은 수만이 한 몸에 모여 아래위를 훑어본다. 그 한편 양복 주머니가 유난히

당자 … 바로 그 사람.

불룩하다. 겉으로 드러난 것만 보아도 고구마나 거기 가까운 것이 들어 있을 성싶다.

밭두둑을 올라 교실을 향해 가는 수만이 등 뒤를 노려보고 있던 인환이는 갑자기 소리를 친다.

"수만이 너, 주머니에 든 게 뭐야?"

"뭐 말야."

"양복 주머니의 불룩한 것 말이다."

"뭐."

하고 주머니를 굽어보며

"운동모자다."

그러나 운동모자가 아닌 것은 갑자기 얼굴빛이 붉어지는 것이며, 끔찍이 당황해하는 것으로 넉넉히 알 수 있다.

그리고 걸음을 빨리 교실 모퉁이를 돌아가는 등 뒤를 향해 인환이는

"먹을 것이거든 나두 좀 주렴."

그리고 또

"그 고구마 혼자만 먹을 테야?"

하고 소리친다. 수만이는 못 들은 척 대꾸도 없이 피해 달아나듯 뒤로 안 돌아본다.

아이들은 다시 와자하고 제각기 입을 열어 떠든다.

"틀림없는 고구마지."

"고구마 아니면 뭐야."

"멀쩡하게 고구마를 운동모자라지."

그리고 인환이는 신이 나서

"내 말이 어때. 수만이래지 않았어."

하고 기수를 향해 오금●을 주듯 말한다. 그러나 기수는 이번에도 머리를 젓는다.

"설마 고구마라면 양복 주머니에 넣구 다니겠니? 생각해 봐라."

"그럼, 운동모자란 말야?"

"정말 운동모잔지도 모르지."

"운동모자가 그렇게 통통해?"

"그야 운동모자도 들고 다른 것도 들었으면 그렇지 뭐."

"그렇지, 암 운동모자도 들고 고구마도 들고 말이지."

하고 인환이는 빈정거린다. 끝끝내 기수는 말을 하면 할수

오금 … 무릎의 구부러지는 오목한 안쪽 부분.

록 도리어 아이들로 하여금 더욱 수만이를 의심하게 하는 도움이 되게 하고 말았다.

그리고 그다음 운동장에서 수만이를 만나서 기수 자기 역 얼마큼 수만이를 의심하는 눈으로 고쳐 보지 않을 수 없었다. 교실 모퉁이를 돌아 나오는 수만이 얼굴이 마주치자, 기수는 먼저 수만이 양복 주머니로 갔다. 그리고 기수는 다시금 눈을 크게 떴다.

아까는 퉁퉁하던 그 호주머니가 홀쭉해졌다. 그 안에 들었던 걸 꺼낸 모양. 그리고 또 좀 이상한 것은 운동모자 같은 것을 넣었다 꺼냈다면 그다지 어색해할 것이 없을 텐데, 기수의 눈이 자기 호주머니로 가는 것을 알자 수만이는 아주 계면쩍어하며 어색하게도 그 호주머니에 두 손을 찌르고 기수 옆에 와서 모로 선다.

두 소년은 한동안 말이 없이 땅만 내려다보고 섰다. 마침내 기수는 망설이던 입을 열었다.

"너 혹 고구마 밭에 누가 손을 댔는지 알겠니?"

"왜?"

하고 수만이는 그걸 왜 내게 묻느냐는 듯한 얼굴을 들더니

"난 몰라."

하고 다시 얼굴을 돌린다.

"누가 서너 개나 캐낸 흔적이 났으니 말야."

수만이는 고개를 숙인 채 아무 대꾸가 없다. 기수는 다시

"거 누가 그랬을까?"

혼잣말처럼 하고 슬슬 수만이 눈치를 살핀다.

수만이는 여전히 고개를 숙이고 묵묵히 섰다. 차츰 기수는
어떤 의심을 두고 그 수만이 아래위를 흘끔흘끔 본다. 낡고
찌든 양복 주머니에 손을 찌르고 수그린 머리, 약간 찌푸린
미간. 그 언젠가 수만이 누이동생이 남의 고추를 캐다 들키고
주인 앞에 고개를 숙이고 섰던 그 모양과 지금 수만이에게서
도 같은 것을 느끼며 기수는

'아무리 집안이 가난하기로 사람이 어쩌면 이처럼 변한단
말이냐.'

하고 자못 업신여겨 보기도 한다.

수만이 아버지가 살고 있고 집안이 넉넉하였을 적 수만이
는 퍽 쾌활하고 명랑한 아이였다. 공부도 잘하고 그리고 기수
와도 무척 친하게 지냈다. 그러던 아이가 자기 아버지가 다
니던 회사에서 나오게 되고, 그리고 그 진티*로 병을 얻어 돌
아가시자 갑자기 집안이 어려워져 수만이 어머니는 남의 삯

진티 … 일이 잘못되어
가는 빌미나 원인.

바느질이며 부엌일까지 하게 되고, 수만이는 차츰 사람이 달라 갔다. 몸에 입은 주제가 남루해지며 따라 풀이 죽어 활기가 없고, 남과 사귀기를 싫어하고 혼자 떨어져 담 밑 같은 데 앉아 생각에 잠기고 하는 사람이 되어 갔다. 그러나 기수만은 전과 다름없이 가까이 대하려 하나 역시 수만이는 벙어리가 된 듯 언제든 다문 입을 열려 하지 않는다.

그래도 지금 자기 옆에 고개를 숙이고 섰는 수만이를 대하고 볼 때 기수는 업신여김이나 미움은 잠시고 보다 가엾은 동정이 앞을 섰다. 그래 넌지시 지금 남들이 고구마 일설로 너를 의심하는 중이니 조심하라고 일러 주고 싶으면서 어떻게 말을 할지 몰라 주저하고 있는데, 마침 인환이를 선두로 여러 아이들이 우르르 몰려왔다.

수만이를 가운데 두고 아이들은 주르르 둘러선다. 잠시 수만이 아래위만 훑어보고 섰더니 인환이는 말을 건다.

"너 혹시 고구마 누가 캤는지 알겠니?"

"어딨는 거 말이냐."

"저 농업 실습 밭의 것 말이다."

"난 그런 것 지키는 사람이냐? 못 봤다."

"아니, 넌 남보다 일찍이 학교엘 오니 말이다."

일설 ⋯ 어떤 하나의 주장이나 학설.

수만이는 더는 입을 열지 않고 외면을 한다. 그 성난 듯한 말없는 얼굴을 인환이는 흘끔흘끔 곁눈질해 보고 섰더니, 갑자기 옆에 섰는 한 아이의 양복 주머니를 가리키며

"너 인마, 그 속에 든 게 뭐야?"

"뭐긴 뭐야, 운동모자지."

"운동모자가 그렇게 통통해. 고구마 아니냐?"

아마 그 아이는 인환이가 정말 그러는 줄 아는 모양, 주머니 속에서 운동모자를 꺼내 털어 보인다.

"자, 이것밖에 더 있어?"

그러나 인환이는 그걸 날래게 툭 차쳐들고

"이게 운동모자야? 고구마지. 아, 멀쩡하다."

그리고 또 한 아이가 인환이 손에서 그 운동모자를 가로차들고

"고구마, 나도 좀 먹자. 너만 먹니?"

하고 그걸 고구마처럼 먹는 시늉을 하며 가지고 달아난다.
그 뒤를 모자 임자가 쫓아 따라가고 잡힐 듯하게 되면 또 다른 아이에게 던져 주고, 그걸 받은 아이가 또

"아, 그 고구마 맛있다."

하고 맛있는 시늉으로 달아나고 이렇게 모자 임자를 가운데 두고 머리 너머로 던지고 받고 하더니, 인환이 손에 들어가자 그걸 수만이에게 던져 주며

"옜다, 너두 좀 먹어 봐라."

그러나 수만이는 어깨 위에 떨어지는 모자를 못마땅한 듯 "쳇!" 하고 혀끝을 차며 땅바닥에 집어 버리고는 어슬렁어슬렁 자리를 피해 간다. 그 등 뒤를 향하고 연해 운동모자가 날아간다.

"옜다, 고구마 너두 좀 먹어 봐라."

"옜다, 고구마 너두 좀 먹어 봐라."

하고 제각기 떠들며 수만이 뒤를 따라간다. 그 꼴을 보다 못해 기수는 선두로 선 인환이 앞을 가로막았다. 그리고 수만이가 듣는 앞에서 소리를 크게

"너희들 가만있는 사람 왜 지근덕거리니●?"

그리고 음성을 낮추어

지근덕거리다 … 성가실 정도로 끈덕지게 자꾸 귀찮게 굴다.

"아, 글쎄 왜들 떠드니? 증거도 없이."

그러나 인환이는 눈을 부릅뜬다.

"증거가 왜 없어?"

하고 바로 수만이 뒤 책상에 앉은 아이를 이끌어 세우며

"증거는 이 애한테 물어봐라."

하고 득의양양한 얼굴을 한다. 그 아이 말인즉, 수만이 책상 속에 고구마 같은 것이 있는 걸 책상 뚜껑을 열 때마다 보았다는 것이다. 그러나 기수는

"그게 정말 고구마라면 어디다 못 둬서 책상 속에다 두겠니? 고구마가 아니다. 아냐."

"책상 속에 못 둘 건 어딨어. 도리어 다른 데 두는 거보다 안전하지."

그래도 기수는 아니라고 머리를 저으니까, 그럼 정말 그건가 아닌가 가서 밝히자고 인환이는 기수의 팔을 잡아끈다. 수만이는 건너편 담 밑에서 양복 주머니에 손을 찌른 그 모양으로 오락가락하며 힐끔힐끔 이편을 본다. 그 수만이가 보는 데서 기수는 그의 책상 뚜껑을 열어 보러 갈 수는 없었다. 인환이에게 팔을 잡아끌리며 주춤주춤하는데, 마침 상학종이 울었다.

상학종 … 학교에서 그 날의 공부 시작을 알리는 종.

그리고 그다음 점심시간이었다. 아이들은 각기 책상 뚜껑을 열고 벤또*를 꺼낸다. 수만이도 책상 뚜껑을 열었다. 그러나 그가 끄집어낸 것은 벤또가 아니다. 남이 볼까 두려워하는 듯 한 번 좌우를 살피고는 검정색 책보 밑에서 넌지시 한 덩이 고구마 같은 걸 꺼내 양복 주머니에 넣고는 슬며시 일어난다. 그걸 수만이 뒤에 앉은 아이가 보고 재빨리 인환이에게 눈짓을 한다. 그리고 인환이는 기수에게 또 눈짓을 하고 수만이는 태연히 일어서 교실 밖으로 나간다. 그가 낭하*로 내려서자 인환이가 뒤를 쫓아 나간다. 그리고 그 뒤를 또 기수가 또 누구누구 몇 아이도 따르고.

수만이는 소사실* 뒤 언덕으로 올라간다. 그를 멀찍이 두고 아이들은 하나둘 뒤를 밟아 간다. 언덕을 올라서 다복솔밭* 사이를 한참 가더니, 수만이는 버드나무 앞에 이르러 두리번두리번 사방을 돌아보고 그 밑에 앉는다. 언덕 이쪽 편 풀섶 사이에 엎드려 거동을 살피는 기수 눈에 돌아앉은 수만이가 무릎 사이에 들고 앉아 먹기 시작한 그것이 정녕 고구마였다. 기수는 자기 눈을 의심할 만큼 놀랐다. 그리고 알 수 없는 노여움에 몸이 떨린다. 그 수만이의 모양이 짝 없이 추하고 밉다. 기수는 자기가 먼저 앞장을 서 나갔다. 그리고 등 뒤

벤또 … '도시락'의 일본식 표현.

낭하 … 복도.

소사실 … 잔심부름을 하는 사람의 방.

다복솔밭 … 가지가 탐스럽고 소복하게 많이 퍼진 어린 소나무밭.

에 가까이 이르러

"너 거기서 먹는 게 뭐냐?"

하고 갑자기 소리치자 수만이는 깜짝 놀라 무춤하더니, 얼른 먹던 걸 호주머니에 감추고 입안에 씹던 걸 볼에 문 그대로 고개를 돌린다. 그리고 기수와 인환이 또 여러 아이들의 얼굴을 보자 다시금 놀란다.

기수는 엄한 얼굴로 그 앞에 한 발짝 다가선다.

"너 지금 먹던 거 이리 내놔라."

"……."

"먹던 거 이리 내놔."

수만이는 눈을 끔벅 입안의 걸 삼키고

"대체 뭐 말이냐."

"인마, 저 호주머니에 감춘 거 말야."

하고 인환인가 소리친다.

"아무리 먹고 싶어두 인마, 농업 실습으로 심은 고구말 캐 먹어?"

"뭐, 내가 언제 고구말 캐 먹었어?"

"그럼, 저 호주머니에 감춘 건 뭐야?"

"……."

"호주머니에 감춘 건 뭐야?"

"남의 호주머니에 든 게 뭐든 알아 뭐해."

"남의 호주머니?"

하고 인환이는 어이없다는 듯 한 번 웃고

"그 속에 우리가 도둑맞은 물건이 들었으니까 허는 말이다."

"내가 대체 뭘 훔쳤단 말야, 멀쩡한 사람을……."

"뭘 훔쳐? 고구마 말이다, 고구마."

"고구말 내가 훔치는 걸 네 눈으로 봤어?"

"그럼, 저 호주머니에 감춘 건 뭐야."

"……."

"호주머니에 감춘 거 냉큼 못 내놓겠니?"

"……."

"아, 못 내놓겠어?"

수만이는 여전히 입을 봉하고 섰더니, 갑자기 한마디로 딱 끊어서

"못 내놓겠다."

그리고 할 대로 해라 하는 태도로 양복 주머니를 두 손으로 움켜쥔다. 인환이는 좌우로 눈을 찡긋찡긋 군호●를 하더니

불시에 수만이에게로 달려들어 등 뒤로 허리를 껴안는다. 그리고 우우 대들어 팔을 붙잡고, 다리를 붙잡고, 그래도 몸을 빼치려* 가만있지 않는 수만이 호주머니에 기수는 손을 넣었다. 그리고 수만이는 최후의 힘으로 붙잡힌 팔을 빼치자, 동시에 기수는 호주머니 속에 든 걸 끄집어내었다. 그러나 눈앞에 나타난 것은 딱딱하게 마른 눌은밥, 눌은밥 한 덩이였다. 묻지 않아도 수만이 어머니가 남의 집 부엌일을 해 주고 얻어 온 것이리라. 수만이는 무한 부끄러움에 취해 고개를 들지 못하고 섰다. 그러나 그 수만이보다 갑절 부끄럽기는 인환이었다. 아이들이었다. 기수 자신이었다. 손에 든 한 덩이 눌은밥을 그대로 어찌할 줄을 몰라 멍하니 섰더니, 그걸 두 손으로 수만이 손에 쥐어 주며 다만 한마디 입안의 소리를 외고 그 앞에 깊이 머리를 숙인다.

"용서해라."

「고구마」

1946년에 출간한 소설집 『집을 나간 소년』에 수록된 작품인 「고구마」는 「집을 나간 소년」과 마찬가지로 '기수'가 등장하는 단편 소설이에요. 학교 실습 농장에서 아이들이 가꾼 '고구마'를 도둑맞으면서 벌어지는 갈등을 그리고 있어요. 여기에서 고구마를 도둑질해 갔다고 의심받는 '수만'이는 가난한 집안의 아들로, 현덕의 다른 작품과 마찬가지로 빈부의 문제를 다루고 있어요. 하지만 작품의 마지막 부분에 모든 의심이 풀린 후, 친구들은 그에게 진심 어린 사과를 하며 화해하고 한층 성장하게 돼요.

빼치다 … 억지로 빠져나오게 하다.

배따라기

김동인

> 방 가운데는 떡상이 있고, 그의 아우는 수건이 벗어져서
> 목 뒤로 늘어지고, 저고릿고름이 모두 풀어져 가지고
> 한편 모퉁이에 서 있고, 아내도 머리채가 모두 뒤로 늘어지고
> 치마가 배꼽 아래 늘어지도록 되어 있으며,
> 그의 아내와 아우는 그를 보고 어찌할 줄을 모르는 듯이,
> 움찍도 않고 서 있었다.

좋은 일기다.

좋은 일기라도, 하늘에 구름 한 점 없는―우리 '사람'으로서는 감히 접근 못 할 위엄을 가지고 높이서 우리 조그만 사람을 비웃는 듯이 내려다보는, 그런 교만한 하늘은 아니고, 가장 우리 '사람'의 이해자인 듯이 낮추 뭉글뭉글 엉기는 분홍빛 구름으로써 우리와 서로 손목을 잡자는 그런 하늘이다. 사랑의 하늘이다. 나는 잠시도 멎지 않고, 푸른 물을 황해로 부어내리는 대동강을 향한, 모란봉 기슭 새파랗게 돋아나는 풀 위에 딩굴고 있었다.

이날은 3월 삼질[●], 대동강에서 첫 뱃놀이하는 날이다. 까아맣게 내려다보이는 물 위에는, 결결이 반짝이는 물결을 푸른 놀잇배들이 타고 넘으며, 거기서는 봄 향기에 취한 형형색색의 선율이 우단[●]보다도 부드러운 봄 공기를 흔들면서 날아온다. 그리고 거기서 기생들의 노래와 함께 날아오는 조선 아악(雅樂)[●]은 느리게, 길게, 유창하게, 부드럽게, 그리고 또 애처롭게―모든 봄의 정다움과 끝까지 조화하지 않고는 안 두겠

삼질 … 삼짇날. 음력 삼월 초사흗날.

우단 … 거죽에 곱고 짧은 털이 촘촘히 돋게 짠 비단. 벨벳.

아악 … 예전에 우리나라에서 의식에 쓰던 음악.

다는 듯이 대동강에 흐르는 시꺼먼 봄물, 청류벽에 돋아나는 푸르른 풀어음, 심지어 사람의 가슴속에 봄에 뛰노는 불붙은 핏줄기까지도 습기 많은 봄 공기를 다리 놓고 떨리지 않고는 두지 않는다.

봄이다. 봄이 왔다.

부드럽게 부는 조그만 바람이 시꺼먼 조선솔을 꿰며, 또는 돋아나는 풀을 스치고 지나갈 때의 그 음악은, 다른 데서는 듣지 못할 아름다운 음악이다.

아아, 사람을 취케 하는 푸르른 봄의 아름다움이여! 열다섯 살부터의 동경* 생활에 마음껏 이런 봄을 보지 못하였던 나는, 늘 이것을 보는 사람보다 곱* 이상의 감명을 여기서 받지 않을 수 없다.

평양 성내에는 겨우 툭툭 터진 땅을 헤치며 파릇파릇 돋아나는 나무새기*와 돋아나려는 버들의 어음*으로 봄이 온 줄 알 뿐, 아직 완전히 봄이 안 이르렀지만, 이 모란봉 일대와, 대동강을 넘어 보이는 가나안 옥토를 연상시키는 장림(長林)*에는 마음껏 봄의 정다움이 이르렀다.

그리고 또 꽤 자란 밀, 보리들로 새파랗게 장식한 장림의 그 푸른빛, 만족한 웃음을 띠고 그 벌에 서서 내다보는 농부

동경 … '도쿄'를 우리 한자음으로 읽은 이름.

곱 … 곱절. 어떤 수나 양을 두 번 합한 만큼.

나무새기 … 잔 나뭇가지.

어음 … 말의 소리.

장림 … 길게 뻗쳐 있는 숲.

의 모양은 보지 않아도 생각할 수가 있다.

구름은 자꾸 하늘을 날아다니는 모양이다. 그 밀 위에 비치었던 구름의 그림자는, 그 구름과 함께 저편으로 몰려가며, 거기는 세계를 아까 만들어 놓은 것 같은 새로운 녹빛이 퍼져 나간다. 바람이나 조금 부는 때는 그 잘 자란 밀들은 물결과 같이 누웠다 일어났다, 일록일청(一綠一靑)으로 춤을 춘다. 그리고 봄의 한가함을 찬송하는 솔개들은, 높은 하늘에서 동그라미를 그리며 더욱더 아름다운 봄의 향그러움을 더한다.

다스한 봄정에
솟아나리다
다스한 봄정에
솟아나리다

나는 두어 번 소리 나게 읊은 뒤에 담배를 붙여 물었다. 담뱃내는 무럭무럭 하늘로 올라간다.

하늘에도 봄이 왔다.

하늘은 낮았다. 모란봉 꼭대기에 올라가면 넉넉히 만질 수가 있으리만큼 하늘은 낮다. 그리고 그 낮은 하늘보다는 오히

일록일청 … 한 번은 푸르고 한 번은 파랗다.

려 더 높이 있는 듯한 분홍빛 구름은 뭉글뭉글 얽히면서 이리 저리 날아다닌다.

나는 이러한 아름다운 봄 경치에 이렇게 마음껏 봄의 속삭임을 들을 때는 언제든 유토피아를 생각지 않을 수 없다. 우리가 시시각각으로 애를 쓰며 수고하는 것은─그 목적이 무엇인가? 역시 유토피아 건설에 있지 않을까?

유토피아를 생각할 때는 언제든 그 '위대한 인격의 소유자'며 '사람의 위대함을 끝까지 즐긴' 진나라 시황을 생각지 않을 수 없다.

우리가 어찌하면 죽지를 아니할까 하여 동남300을 배를 태워 불사약을 구하러 떠나보내며, 예술의 사치를 다하여 아방궁을 지으며, 매일 신하 몇천 명과 잔치로써 즐기며, 이리하여 여기 한 유토피아를 세우려던 시황은, 몇만의 역사가가 어떻다고 욕을 하든 그는 참말로 참말의 인생의 향락자며, 역사 이후의 제일 큰 위인이라고 할 수가 있다. 그만한 순전한 용기 있는 사람이 있고야 우리 인류의 역사는 끝이 날지라도 하나의 사람을 가졌었다고 할 수 있다.

"큰사람이댔다."

하면서 나는 머리를 들었다.

동남 … 남자아이.

아방궁 … 중국 진나라 시황제가 기원전 212년에 세운 궁전.

이때에 기자묘* 근처에서 이상한 슬픈 소리가 들리면서 봄 공기를 진동시키며 날아오는 것을 들었다. 나는 무심중 귀를 기울였다.

영유 배따라기다. 그것도 웬만한 광대나 기생은 발꿈치에도 미치지 못하리만큼, 그만큼 그 배따라기의 주인은 잘 부르는 사람이었다.

비나이다 비나이다
산천후토* 일월성신*
하나님전 비나이다
실낱같은 우리 목숨
살려 달라 비나이다
에에야 어그여 지여

여기까지 이르렀을 때에 저편 아래 물에서 장구 소리와 함께 기생의 노래가 울리어 오며 배따라기는 그만 안 들리게 되었다.

나는 2년 전 한여름을 영유서 지내 본 일이 있다. 배따라기의 본고장인 영유를 몇 달 있어 본 사람은 그 배따라기에 대하

기자묘 ⋯ 평양시 기림리에 있는 중국 은나라 때 사람인 기자의 묘.

산천후토 ⋯ 산과 내, 토지를 맡아 다스린다는 신.

일월성신 ⋯ 해와 달과 별을 통틀어 이르는 말.

현대 소설의 선구자, 김동인

김동인은 우리나라 근대 단편 소설의 기틀을 세웠다는 평가를 받고 있어요. 그는 작품의 등장인물의 호칭을 '그'로 통일시켰고, 문장 안에서 시간 표현을 명확히 했어요. 또한 간결하고 짧은 문장을 사용하여 간결체를 형성하였어요. 그래서 우리나라 현대 소설의 선구자로 손꼽혀요. 또한 그는 우리나라 최초의 문학 동인지 〈창조〉를 발간했어요.

여 언제든 한 속절없는 애처로움을 깨달을 터이다.

영유, 이름은 모르지만, X산에 올라가서 내다보면 앞은 망망한 황해이니, 거기 저녁때의 경치는 한 번 본 사람은 영구히 잊을 수가 없으리라. 불덩어리 같은 커다란 시뻘건 해가 남실남실 넘치는 바다에 도로 빠질 듯 도로 솟아오를 듯 춤을 추며, 거기서 때때로 보이지 않는 배에서 배따라기만 슬프게 날아오는 것을 들을 때면 눈물 많은 나는 때때로 눈물을 흘렸다.

이로 보아서, 어떤 원의 아내가 자기의 모든 영화를 낡은 신 같이 내어던지고 뱃사람과 정처 없는 물길을 떠났다 함도 믿지 못할 말이랄 수가 없다.

영유서 돌아온 뒤에도 그 배따라기는 내 마음에 깊이 새겨져서, 잊으려야 잊을 수가 없었고, 언제 한 번 다시 영유를 가서 그 노래를 한 번 더 들어 보고, 그 경치를 다시 한 번 보고 싶은 생각이 늘 떠나지를 않았다.

장구 소리와 기생의 노래는 멎고 배따라기만 구슬프게 날아온다. 결결이 부는 바람으로 말미암아 때때로는 들을 수가 없으되, 나의 기억과 곡조를 종합하여 들은 배따라기는 이 대목이다.

강변에 나왔다가

나를 보더니만,

혼비백산*하여

꿈인지 생시인지,

와르륵 달려들어

섬섬옥수*로 부여잡고

호천망극*하는 말이,

'하늘로서 떨어지며

땅으로서 솟아났다.

바람결에 묻어오고

구름길에 쌔여 왔다.'

이리저리 붙들고 울음 울 제,

인리 제인*이며

일가친척이 모두 모여……

혼비백산 … 혼백이 어지러이 흩어진다는 뜻으로, 몹시 놀라 넋을 잃음을 이르는 말.

섬섬옥수 … 가냘프고 고운 여자의 손을 이르는 말.

호천망극 … 어버이의 은혜가 넓고 큰 하늘과 같이 다함이 없음.

인리 제인 … 이웃 동네의 많은 사람.

여기까지 들은 나는 마침내 참지 못하고 벌떡 일어서서 소나무 가지에 걸었던 모자를 내려 쓰고 그곳을 찾으러 모란봉 꼭대기에 올라섰다. 꼭대기는 좀 더 노래 소리가 잘 들린다. 그는 배따라기의 맨 마지막, 여기를 부른다.

밥을 빌어서

죽을 쑬지라도

제발 덕분에

뱃놈 노릇은 하지 마라

에에야 어그여 지여……

그의 소리로써 방향을 찾으려던 나는 그만 그 자리에 섰다.

'어딘가? 기자묘? 혹은 을밀대?'

그러나 나는 오래 서 있을 수가 없었다. 어떻든 찾아보자 하고 현무문으로 가서 문밖에 썩 나섰다. 기자묘의 깊은 솔밭은 눈앞에 쫙 퍼진다.

'어딘가?'

나는 또 물어보았다.

이때에 그는 또다시 배따라기를 첫 번부터 부른다. 그 소리

을밀대 … 평양 금수산 마루에 있는 대와 그 위에 있는 정자.

는 왼편에서 온다.

왼편이구나 하면서 소리 나는 곳을 더듬어 소나무 틈으로 한참 돌다가, 겨우 기자묘 대고는* 그중 하늘이 넓고 밝은 곳에, 혼자서 뒹굴고 있는 그를 찾아내었다. 나의 생각한 바와 같은 얼굴이다. 얼굴, 코, 입, 눈, 몸집이 모두 네모나고…… 그의 이마의 굵은 주름살과 시커먼 눈썹은 고생 많이 함과 순진한 성격을 나타낸다.

그는 어떤 신사가 자기를 들여다보는 것을 보고, 노래를 그치고 일어나 앉는다.

"왜? 그냥 하지요."

하면서, 나는 그의 곁에 가 앉았다.

"머……."

할 뿐, 그는 눈을 들어서 터진 하늘을 쳐다본다.

좋은 눈이었다. 바다의 넓고 큼이 유감없이 그의 눈에 나타나 있다. 그는 뱃사람이리라 나는 짐작하였다.

"고향이 영유요?"

"예, 머 영유서 나기는 했디만 한 20년 영윤 가 보디두 않아시오."

"왜, 20년씩 고향엘 안 가요?"

대고는 … 치고는.

내부 이야기와 외부 이야기, 액자 소설

'액자 소설'이란 이야기 속에 또 다른 이야기가 들어 있는 소설을 말해요. 마치 그림이 액자 속에 걸려 있듯 말이에요. 다시 말하면, '그림'에 속하는 안의 이야기가 '액자'에 속하는 밖의 이야기와 합해져 하나의 작품이 되는 거예요. 「배따라기」는 대표적인 액자 소설로 유토피아를 꿈꾸는 '나'의 이야기는 밖의 이야기이고, 배따라기를 부르며 방랑하는 '그'의 이야기는 안의 이야기예요. 안의 이야기는 '그가 이야기한 바는 대략 이와 같은 것이다'에서 시작돼요.

"사람의 일이라니 마음대로 됩데까?"

그는 왜 그러는지, 한숨을 짓는다.

"거저, 운명이 데일 힘셉디다."

운명의 힘이 제일 세다는 그의 소리엔 삭이지 못할 원한과 뉘우침이 섞여 있다.

"그래요?"

나는 다만 그를 쳐다볼 뿐이었다.

한참 잠잠하니 있다가 나는 다시 말하였다.

"자, 노형의 경험담이나 한번 들어 봅시다. 감출 일이 아니면 한번 이야기해 보소."

"머 감출 일은……."

"그럼 어디 들어 봅시다그려."

그는 다시 하늘을 쳐다보았다. 그러나 좀 있다가,

"하디요."

하면서 내가 담배를 붙이는 것을 보고 자기도 담배를 붙여 물고 이야기를 꺼낸다.

"19년 전 8월 열하루 날 일인데요……."

하면서 그가 이야기한 바는 대략 이와 같은 것이다.

그가 살던 마을은 영유 고을서 한 20리 떠나 있는 바다를 향한 조그만 동리이다. 그의 살던 조그만 마을(서른 집쯤 되는)에서 그는 꽤 유명한 사람이었다.

그의 부모는 모두 열댓˚에 났을 때 없었고, 남은 친척이라고는 곁집에 딴살림하는 그의 아우 부처와 그 자기 부처뿐이었다. 그들 형제가 그 마을에서 제일 부자이고, 또 제일 고기잡이를 잘하였고, 그중 글이 있었고, 배따라기도 그 마을에선 빼나게 그 형제가 잘하였다. 말하자면 그 형제가 그 동리의 대표적 사람이었다.

8월 보름은 추석 명절이다. 8월 열하루 날, 그는 명절에 쓸 장도 볼 겸 그의 아내가 늘 부러워하는 거울도 하나 사 올 겸 장으로 향하였다.

"당손네 집에 있는 것보다 큰 거이오. 닞디 말구요."

그의 아내는 길까지 따라 나오면서 잊지 않도록 부탁하였다.

"안 닞어."

하면서 그는 떠오르는 새빨간 햇빛을 앞으로 받으면서 자

열댓 … 열다섯쯤.

기 마을을 나섰다.

그는 아내를 (이렇게 말하기는 우습지만) 고와했다.* 그의 아내는 촌에는 드물게 연하고도* 예쁘게 생겼었다. (그는 나에게 이렇게 말하였다.)

"성내(평양) 덴줏골*을 가두 그만한 거 쉽진 않가시요."

그러니까 촌에서는 그리고 당시에는 남에게 우습게 보이도록 그 부처의 사이는 좋았다. 늙은이들은 계집에게 혹하지 말라고 흔히 그에게 권고하였다.

부처의 사이는 좋았지만, 아니, 오히려 좋으므로 그는 아내에게 시기를 많이 하였다. 품행이 나쁘다는 것이 아니라, 그의 아내는 대단히 쾌활한 성질로써 아무에게나 말 잘하고 애교를 잘 부렸다.

그 동리에서는 무슨 명절이나 되면, 집이 그중 정결함을 평계 삼아, 젊은이들은 모두 그의 집에 모이곤 하였다.

그 젊은이들은 모두 그의 아내에게 '아즈마니'라 부르고, 그의 아내는 아내대로 '아즈바니, 아즈바니' 하며 그들과 지껄이고 즐기며, 그 웃기 잘하는 입에는 늘 웃음을 흘리고 있었다. 그럴 때마다 그는 한편 구석에서 눈만 흘근거리며 있다가, 젊은이들이 돌아간 뒤에는 불문곡직*하고 아내에게 덤비어들

고와하다 … '예뻐하다, 좋아하다'의 사투리.

연하다 … 빛깔이 옅고 산뜻하다.

덴줏골 … 돈을 받고 몸을 파는 여자들이 모여 있는 곳.

불문곡직 … 옳고 그름을 따지지 아니함.

어, 발길로 차고 때리며 이전에 사다 주었던 것을 모두 거두어 올린다. 싸움을 할 때에는 언제든 곁집에 있는 아우 부처가 말리러 오며 그렇게 되면 언제든지 그는 아우 부처까지 때려 주었다.

그가 아우에게 그렇게 구는 데는 이유가 있었다.

그의 아우는 시골 사람에게는 다시없도록 늠름한 위엄이 있었고, 맨날 바닷바람을 쐬었지만 얼굴이 희었다. 이것뿐으로도 시기가 된다 하면 되지만, 특별히 아내가 그의 아우에게 친절히 하는 데는, 그의 속이 상하여 못 견디었다.

그가 영유를 떠나기 반 년 전쯤―다시 말하자면 그가 거울을 사러 장에 갈 때부터 반 년 전쯤, 그의 생일날이었다. 그의 집에서는 음식을 차려서 잘 먹었는데 그에게는 괴상한 버릇이 있어서, 맛있는 음식은 남겨 두었다가 좀 있다 먹곤 하는 것을 예사로 하였다. 그의 아내도 그 버릇은 잘 알 터인데, 그의 아우가 점심때쯤 오니까 아까 그가 아껴서 남겨 두었던 그 음식을 아우에게 주려 하였다. 그는 눈을 부릅뜨고 '못 주리라'고 암호를 하였지만 아내는 그것을 보았는지 못 보았는지 그의 아우에게 주어 버렸다. 그는 마음속이 자못 편치 못하였다. 트집만 있으면 이년을…… 그는 마음먹었다. 그의 아내는

시아우에게 상을 준 뒤에 물러오다가 그만 그의 발을 조금 밟았다.

"이년!"

그는 힘껏 발을 들어서 아내를 냅다 찼다. 그의 아내는 상 위에 거꾸러졌다가 일어난다.

"이년, 사나이 발을 짓밟는 년이 어디 있어!"

"거 좀 밟아서 발이 부러뎃쉐까?"

아내는 낯이 새빨개져서 울음 섞인 소리로 고함친다.

"이년! 말대답이……."

그는 일어서서 아내의 머리채를 휘어잡았다.

"형님! 왜 이러십니까?"

아우가 일어서면서 그를 붙여 잡았다.

"가만있어라, 이놈의 자식."

하며 그는 아우를 밀친 뒤에 아내를 되는 대로 내려 찧었다.

"죽일 이년! 나가거라!"

"죽여라, 죽여라! 난, 죽어도 이 집에선 못 나가!"

"못 나가?"

"못 나가디 않구, 뉘 집이게……."

이때다. 그의 마음에는 그 못 나가겠다는 아내의 말이 푹

들이박혔다. 그 이상 때리기가 싫었다. 우두커니 눈만 흘기고 있다가 그는,

"망할 년, 그럼 내가 갈라."

하고 그만 문밖으로 뛰어나가서,

"형님, 어디 갑니까?"

하는 아우의 말에는 대답도 아니하고, 곁 동리 탁주 집으로 뒤도 안 돌아보고 가서, 거기 있는 술파는 계집과 술상 앞에 마주앉았다.

그날 저녁, 얼근히* 취한 그는 아내를 위하여 떡을 한 돈어치 사 가지고 집으로 돌아왔다.

이리하여 또 서너 달은 평화가 이르렀다. 그러나 이 평화가 언제까지든 연속할 수는 없었다. 그의 아우로 말미암아 또 평화가 짜개져 나갔다.

5월 초승*부터 영유 고을 출입이 잦던 그의 아우는 5월 그믐*께부터는 고을서 며칠씩 묵어 오는 일이 많았다. 함께, 고을에 첩을 얻어 두었다는 소문이 퍼졌다. 이 소문이 있은 뒤로 아내는 그 아우가 고을 들어가는 것을 벌레보다도 더 싫어하고, 며칠 묵어 나오는 때면 곧 아우의 집으로 가서 그와 담판*을 하며, 심지어 동서 되는 아우의 처에게까지 못 가게 하

얼근하다 … 술에 취하여 정신이 조금 어렴풋하다.

초승 … 음력으로 그달 초하루부터 처음 며칠 동안.

그믐 … 음력으로 그달의 마지막 날.

담판 … 서로 맞선 관계에 있는 쌍방이 의논하여 옳고 그름을 판단함.

지 않는다고 싸우는 일이 있었다. 7월 초승께, 그의 아우는 고을에 들어가서 열흘쯤 묵어 온 일이 있었다. 이때도 전과 같이 그의 아내는 그의 아우와 제수와 싸우다 못하여, 마침내 그에게까지 와서 아우가 그런 못된 데를 다니는 것을 그냥 둔다고 해 보자 한다. 그 꼴을 곱게 보지 않았던 그는 첫마디로 고함을 쳤다.

"네게 상관이 무에가? 듣기 싫다."

"못난둥이, 아우가 그런 델 댕기는 걸 말리디두 못하구!"

분김에 이렇게 그의 아내는 고함쳤다.

"이년, 무얼?"

그는 벌떡 일어섰다.

"못난둥이!"

그 말이 끝나기도 전에 그의 아내는 악 소리와 함께 그 자리에 거꾸러졌다.

"이년! 사나이에게 그 따윗 말버릇 어디서 배완!"

"에미네 때리는 건 어디서 배왔노! 못난둥이!"

그의 아내는 울음소리로 부르짖었다.

"상년, 그냥? 나갈! 우리 집에 있디 말구 나갈!"

그는 내리찧으면서 부르짖었다. 그리고 아내를 문을 열고 밀쳤다.

"나가디 않으리!"

하고 그의 아내는 울면서 뛰어나갔다.

"망할 년!"

토하는 듯이 중얼거리고 그는 그 자리에 주저앉았다.

그의 아내는 해가 지고 어두워져도 돌아오지 않았다. 일단 내쫓기는 하였지만, 그는 아내의 돌아옴을 기다리고 있었다. 어두워져서도 그는 불도 안 켜고, 성이 나서 우들우들 떨면서, 아내가 돌아오기를 기다렸다. 그러나 그의 아내의 참 기쁜 듯이 웃는 소리가 그의 아우의 집에서 밤새도록 울리었다. 그는 움찔도 않고 고 자리에 앉아서 밤을 새운 뒤에, 새벽 동터 올 때 아내와 아우를 죽이려고 부엌에 가서 식칼을 가지고 들어와서 문을 벌컥 열었다.

그의 아내로서 만약 근심스러운 얼굴을 하고 그 문밖에 우두커니 서서 문을 들여다보고 있지 않았더라면, 그는 아내와 아우를 죽이고야 말았으리라.

그는 아내를 보는 순간, 마음에 가득 차는 사랑을 깨달으면서 칼을 내어던지고 뛰어나가서 아내의 머리채를 휘어잡고, 이년! 하면서 들어와서 뺨을 물어뜯으면서 함께 이리저리 자

우리나라 최초의
종합 문예 동인지, 〈창조〉

1919년에 간행된 우리나라 최초의 종합 문예 동인지를 말해요. 처음에는 일본에 유학 중인 김동인을 비롯한 문학가들이 도쿄에서 창간했어요. 이후 제7호까지는 일본 도쿄에서 펴냈고 제8호와 제9호는 우리나라에서 펴냈어요. 종합 문예 동인지라는 성격으로 특정한 사상이나 노선의 제한 없이 작품을 실었어요. 〈창조〉는 뒤에 나온 〈폐허〉, 〈백조〉 등과 함께 우리나라 근대 문학의 주춧돌 같은 구실을 하였어요.

빠져서 딩굴었다…….

그런 이야기를 하려면 끝이 없으되 다만 '그', '그의 아내', '그의 아우' 세 사람의 삼각관계는 대략 이와 같았다.

각설…….

거울은 마침 장에 마음에 맞는 것이 있었다. 지금 것과 대 보면 어떤 때는 코도 크게 보이고 입이 작게도 보이는 것이지만, 그 당시에는, 그리고 그런 촌에서는 둘도 없는 귀물*이었다. 거울을 사 가지고 장을 본 뒤에 그는 이 거울을 아내에게 주면 그 기뻐할 모양을 생각하면서 새빨간 저녁 햇빛을 받은, 넘치는 듯한 바다를 안고 자기 집으로, 늘 들르던 탁주 집에도 안 들르고 돌아왔다.

그러나 그가 그의 집 안방에 들어설 때에는 뜻도 안 하였던 광경이 그의 눈에 벌이어 있었다.

방 가운데는 떡상이 있고, 그의 아우는 수건이 벗어져서 목 뒤로 늘어지고, 저고릿고름*이 모두 풀어져 가지고 한편 모

귀물 … 귀중한 물건. 드물어서 얻기 어려운 물건.

저고릿고름 … 저고리의 깃 끝과 그 맞은편에 하나씩 달아 양편 옷깃을 여밀 수 있게 만든 헝겊 끈.

퉁이에 서 있고, 아내도 머리채가 모두 뒤로 늘어지고 치마가 배꼽 아래 늘어지도록 되어 있으며, 그의 아내와 아우는 그를 보고 어찌할 줄을 모르는 듯이, 움찍도 않고 서 있었다.

세 사람은 한참 동안 어이없이 서 있었다. 그러나 좀 있다가 마침내 그의 아우가 겨우 말했다.

"그놈의 쥐 어디 갔니?"

"흥! 쥐? 훌륭한 쥐 잡댔다!"

그는 말을 끝내지도 않고, 짐을 벗어 버리고 뛰어가서 아우의 멱살을 그러쥐었다.

"형님! 정말 쥐가!"

"쥐? 이놈! 형수와 그런 쥐 잡는 놈이 어디 있니?"

그는 아우의 따귀를 몇 대 때린 뒤에 등을 밀어서 문밖에 집어 던졌다. 그런 뒤에 이제 자기에게 이를 매를 생각하고 우들우들 떨면서 아랫목에 서 있는 아내에게 달려들었다.

"이년! 시아우와 그런 쥐 잡는 년이 어디 있어!"

그는 아내를 거꾸러뜨리고 함부로 내리찧었다.

"정말 쥐가……, 아이 죽갔다."

"이년! 너두 쥐? 죽어라!"

그의 팔다리는 함부로 아내의 몸 위에 오르내렸다.

"아이 죽갔다. 정말 아까 적으니가 왔게 떡 먹으라구 내놓았더니⋯⋯."

"듣기 싫다. 시아우 붙은 년이, 무슨 잔소리!"

"아이, 아이, 정말이야요. 쥐가 한 마리 나⋯⋯."

"그냥 쥐?"

"쥐 잡을래다가⋯⋯."

"상년! 죽얼! 물이래두 빠데 죽얼⋯⋯."

그는 실컷 때린 뒤에, 아내도 아우처럼 등을 내어 쏘았다. 그 뒤에 그의 등으로,

"고기 배때기에 장사해라!"

고 토하였다.

분풀이는 실컷 하였지만, 그래도 마음속이 자못 편치 못하였다. 그는 아랫목으로 가서 바람벽*을 의지하고 실신한 사람같이 우두커니 서서, 떡상만 들여다보고 있었다.

서편으로 바다를 향한 마을이라, 다른 곳보다는 늦게 어둡지만, 그래도 술시*쯤 되어서는 깜깜하니 어두웠다. 그는 불을 켜려고 바람벽에서 떠서 성냥을 찾으러 돌아갔다. 성냥은 늘 있던 자리에 있지 않았다. 그래서 여기저기 뒤적이노라니까 어떤 낡은 옷 뭉치를 들칠 때에 문득 쥐 소리가 나면서 무엇이

바람벽 ⋯ 방이나 칸살의 옆을 둘러막은 둘레의 벽.

술시 ⋯ 24시의 스물한째 시. 오후 일곱 시 반부터 여덟 시 반까지이다.

후덕덕 뛰어나온다. 그리하여 저편으로 기어서 도망한다.

"역시 쥐댔다!"

그는 조그만 소리로 부르짖었다. 그리고 그만 그 자리에 맥없이 털썩 주저앉았다.

아까 그가 보지 못한 때의 광경이 활동사진과 같이 그의 머리에 지나갔다.

아우가 집에를 온다. 아우에게 친절한 아내는 떡을 먹으라고 아우에게 떡상을 내어놓는다. 그때에 어디선가 쥐가 한 마리 뛰어나온다. 둘이서는 쥐를 잡노라고 돌아간다. 한참 성화시키던 쥐는 어느 구석에 숨어 버린다. 그들은 쥐를 찾노라고 두룩거린다●. 그때에 그가 집에 들어선 것이다.

"상년, 좀 있으믄 안 들어오리……."

그는 억지로 마음먹고 그 자리에 드러누웠다.

그러나 아내는 밤이 가고 날이 밝기는커녕 해가 중천에 올라도 돌아오지를 않았다. 그는 차차 걱정이 나서 찾아보러 나섰다.

아우의 집에도 없었다. 동리를 모두 찾아보아도 본 사람도 없다 한다.

그리하여 낮쯤, 한 30리 내려간 바닷가에서 겨우 아내를 찾

두룩거리다 … 크고 둥그런 눈알을 자꾸 조금 천천히 굴리다.

기는 찾았지만, 그 아내는 이전과 같은 생기로 찬 산 아내가 아니요, 몸은 물에 불어서 곱이나 크게 되고, 이전에 늘 웃음을 흘리던 예쁜 입에는 거품을 잔뜩 물은 죽은 아내였다.

그는 아내를 업고 집으로 오기까지에 정신이 없었다.

이튿날 간단하게 장사를 하였다. 뒤에 따라오는 아우의 얼굴에는,

"형님, 이게 웬일이오니까?"

하는 듯한 원망이 있었다.

장사를 지낸 이튿날부터 아우는 그 조그만 마을에서 없어졌다. 하루 이틀은 심상히 지냈지만, 닷새* 엿새*가 지나도 아우는 돌아오지 않았다. 그래서 알아보니까 꼭 그의 아우와 같이 생긴 사람이 오륙 일 전에 멧산자 봇짐*을 하여 진 뒤에 시뻘건 저녁 해를 등으로 받고 더벅더벅 동쪽으로 가더라 한다. 그리하여 열흘이 지나고 스무 날이 지났지만 한번 떠난 그의 아우는 돌아올 길이 없고, 혼자 남은 아우의 아내는 매일 한숨으로 세월을 보내게 되었다.

그도 이것을 잠자코 보고 있을 수가 없었다. 그 불행의 모든 죄는 죄다 그에게 있었다. 그도 마침내 뱃사람이 되어, 적으나마 아내를 삼킨 바다와 늘 접근하며, 가는 곳마다 아우의

닷새 … 다섯 날.

엿새 … 여섯 날.

멧산자 봇짐 … 걸어서 먼 길을 떠날 때 보자기에 싸서 어깨에 메는 작은 짐인 '괴나리봇짐'의 사투리.

소식을 알아보려고, 어떤 배를 얻어 타고 물길을 나섰다.

그는 가는 곳마다 아우의 이름과 모양을 물었으되, 아우의 소식을 알 수가 없었다.

이리하여 꿈결같이 10년을 지내서 9년 전 가을, 탁탁이 낀 안개를 깨며 연안 바다를 지나가던 그의 배는 몹시 부는 바람으로 말미암아 파선을 하여 벗 몇 사람은 죽고, 그는 정신을 잃고 물 위에 떠돌고 있었다.

그가 겨우 정신을 차린 때는 밤이었다. 그리고 어느덧 그는 뭍 위에 올라와 있었고 그를 말리느라고 새빨갛게 피워 놓은 불빛으로 자기를 간호하는 아우를 보았다.

그는 이상하게 놀라지도 않고 천연하게[●] 물었다.

"너! 어떻게 여기 완!"

아우는 잠자코 한참 있다가 겨우 대답하였다.

"형님, 거저 다 운명이외다."

따뜻한 불기운에 깜빡 잠이 들려다가 그는 화닥닥 깨면서 또 말하였다.

"10년 동안에 되게 파리했구나."

"형님, 나두 변했거니와, 형님두 되게 변하셨쉐다."

이 말을 꿈결같이 들으면서 그는 또 혼곤히 잠이 들었다.

천연하다 … 시치미를 뚝 떼어 겉으로는 아무렇지 아니한 듯하다.

그리하여 두어 시간, 꿀보다도 단 잠을 잔 뒤에 깨어 보니 아까 같이 빨간 불은 피어 있지마는, 아우는 어디로 갔는지 없어졌다. 겨우 사람에게 물어보니까, 아까 아우는 그의 얼굴을 물끄러미 한참 들여다보고 있다가 새빨간 불빛을 등으로 받으면서 터벅터벅 아무 말 없이 어두움 가운데로 스러졌다 한다. 이튿날 아무리 알아보아야 그의 아우는 종적이 없어지고, 알 수 없으므로, 그는 하릴없이 다른 배를 얻어 타고 또 물길을 나섰다. 그리하여 그의 배가 해주에 이르렀을 때, 그는 해주장에 들어가서 무엇을 사려다가, 저편 가게에 걸핏 그의 아우 같은 사람이 있으므로 뛰어가서 보니 그는 벌써 없어졌다. 배가 해주에는 오래 머무르지 않으므로, 그는 마음은 해주에 남겨 두고 또다시 바닷길을 떠났다.

그 뒤에 3년을 이리저리 돌아다녀도 아우는 다시 볼 수가 없었다.

그리하여 3년을 지내서 지금부터 6년 전에, 그가 탄 배가 강화도를 지날 때에 바다를 향한 가파른 메*곁에서 바다로 향하여 날아오는 배따라기를 들었다. 그것도 어떤 구절과 곡조는 그의 아우 특색으로 변경된 그의 아우가 아니면 부를 사람이 없는 그 배따라기였다.

메 … '산'을 예스럽게 이르는 말.

배가 강화도에는 머무르지 않아서 그저 지나갔으나, 인천서 열흘쯤 머무르게 되었으므로, 그는 곧 내려서 강화도로 건너갔다. 거기서 이리저리 찾아다니다가 어떤 조그만 객줏집에서 물어보니, 이름도 그의 아우요, 생긴 모습도 그의 아우인 사람이 묵어 있기는 하였으나, 사흘 전에 도로 인천으로 갔다 한다. 그는 곧 돌아서서 인천으로 건너와서 찾아보았지만, 그 조그만 인천서도 그의 아우는 찾을 바가 없었다.

그 뒤에 눈 오고 비 오며 6년이 지났지만 그는 다시 아우를 만나 보지 못하고 아우의 생사까지도 알 수가 없었다.

말을 끝낸 그의 눈에는 저녁 해에 반사하여 몇 방울의 눈물이 번뜩인다.

나는 한참 있다가 겨우 물었다.

"노형의 데수[•]는?"

"모르디오. 20년을 영유는 안 가 봤으니깐요."

"노형은 이제 어디루 갈 테요?"

"것두 모르디오. 정처가 있나요? 바람 부는 대로 몰려 댕기디오."

그는 다시 한 번 나를 위하여 배따라기를 불렀다. 아아! 그 속에 잠겨 있는 삭이지 못할 뉘우침! 바다에 대한 애처로운

데수 … 제수. 남자 형제 사이에서의 동생의 아내를 이르는 말.

그리움!

노래를 끝낸 다음에 그는 일어서서 시뻘건 저녁 해를 잔뜩 등으로 받고, 을밀대로 향하여 더벅더벅 걸어갔다. 나는 그를 말릴 힘이 없어서 눈이 멀거니 그의 등만 바라보고 앉아 있었다.

그날 밤, 집에 돌아와서도 그 배따라기와 그의 숙명적 경험담이 귀에 쟁쟁히 울리어 한잠을 못 이루고, 이튿날 아침 깨어서 조반도 안 먹고 기자묘로 뛰어가서 또다시 그를 찾아보았다. 그가 어제 깔고 앉았던 풀은, 모두 한편으로 누워서 그가 다녀감을 기념하되, 그는 그 근처에 보이지 않았다.

그러나—그러나 배따라기는 어디선가 쟁쟁히 울리어서 모든 소나무들을 떨리지 않고는 안 두겠다는 듯이 날아온다.

"모란봉이다. 모란봉에 있다."

하고 나는 한숨에 모란봉으로 뛰어갔다. 모란봉에는 사람이 하나도 없다. 부벽루에도 없다.

"을밀대다."

하고 나는 다시 을밀대로 갔다. 을밀대에서 부벽루로 연한, 지옥까지 연한 듯한 구렁텅이에 물 한 방울을 안 새이리라고 빽빽이 난 소나무의 그 모든 잎닢은 떨리는 배따라기를 부르

숙명 … 날 때부터 타고난 정해진 운명. 피할 수 없는 운명.

고 있지만, 그는 여기에도 있지 않다. 기자묘의 하늘을 향하여 퍼져 나간 그 모든 소나무의 천만의 잎닢도, 그 아래쪽 퍼진 천만의 풀들도, 모두 그 배따라기를 슬프게 부르고 있지만, 그는 이 조그만 모란봉 일대에서 찾을 수가 없었다.

강가에 나가서 알아보니, 그의 배는 오늘 새벽에 떠났다 한다.

그 뒤에 여름과 가을이 가고 1년이 지나서 다시 봄이 이르렀으되, 잠깐 평양을 다녀간 그는 그 숙명적 경험과 슬픈 배따라기를 남겨 둘 뿐, 다시 조그만 모란봉엔 나타나지 않는다.

모란봉과 기자묘에 다시 봄이 이르러서, 작년에 그가 깔고 앉아서 부러졌던 풀들도 다시 곧게 대가 나서 자줏빛 꽃이 피려 하지만, 끝없는 뉘우침을 다만 한낱 배따라기로 하소연하는 그는 이 조그만 모란봉과 기자묘에서 다시 볼 수가 없었다. 다만 그가 남기고 간 배따라기만 추억하는 듯이. 모든 잎 닢이 속삭이고 있을 따름이다.

「배따라기」

1921년 〈창조〉에 발표된 단편 소설 「배따라기」는 오해가 빚은 형제간의 운명적인 파멸을 그린 이야기예요. 우리나라 서도 잡가의 하나인 '영유 배따라기'를 바탕으로 다정다감한 아우, 선량하지만 난폭한 형, 붙임성 있는 아내 사이의 오해로 인한 비극은 운명 앞에 선 힘없는 인간의 모습을 단적으로 보여 주고 있어요. 여기에 바다와 배따라기의 비장한 느낌이 어우러져 서정적이면서도 낭만적으로 느껴지게 해요.

백치 아다다

계용묵

 돈 소리만 들어도 마음은 좋지 않던 것인데,

이제 한 푼 없는 알몸인 줄 알았던 수룡이에게도

그렇게 많은 돈이 있어 그것으로 밭을 산다고 기꺼워하는 것을 볼 때,

그 돈의 밑천은 장래 자기에게 행복을 가져다주기보다는

몽둥이를 가져다주는 데 지나지 못하는 것 같았고,

밭에다 조를 심는다는 것은

불행의 씨를 심는다는 것만 같았기 때문이다.

질그릇이 땅에 부딪치는 소리가 났다고 들렸는데, 마당에는 아무도 없다.

　부엌에 쥐가 들었나? 샛문을 열어 보려니까,

　"아 아 아이 아아 아야!"

　하는 소리가 뒤란● 곁으로 들려온다. 샛문을 열려던 박 씨는 뒷문을 밀었다.

　장독대 밑, 비스듬한 켠 아래, 아다다가 입을 헤벌리고 넙적 엎더져, 두 다리만을 힘없이 버지럭거리고 있다.

　그리고 머리 편으로 한 발쯤 나가선 깨어진 동이 조각이 질서 없이 너저분하게 된장 속에 묻혀 있다.

　"아이구테나! 무슨 소린가 했더니 이년이 동애●를 또 잡았구나! 이년아! 너더러 된장 푸래든! 푸래?"

　어머니는 딸이 어딘가 다쳤는지 일어나지도 못하고 아파하는 데 가는 동정심보다 깨어진 동이만이 아깝게 눈에 보였던 것이다.

　"어 어마! 아다아다 아다 아다다……."

　모닥불을 뒤집어쓰는 듯한 끔찍한 어머니의 음성을 또다시

뒤란 … 집 뒤 울타리의 안.

동애 … '동이'의 사투리.

들게 되는 아다다는 겁에 질려 얼굴에 시퍼런 물이 들며 넘어진 연유[•]를 말하여 용서를 빌려는 기색이나 말이 되지를 않아 안타까워한다.

아다다는 벙어리였던 것이다. 말을 하렬 때에는 한다는 것이, 아다다 소리만이 연거푸 나왔다. 어찌어찌 가다가 말이 한마디씩 제법 되어 나오는 적도 있었으나, 그것은 쉬운 말에 그치고 만다.

그래서 이것을 조롱 삼아 확실이라는 뚜렷한 이름이 있었지만, 누구나 그를 부르는 이름은 '아다다'였다. 그리하여 이것이 자연히 이름으로 굳어져, 그 부모네까지도 그렇게 부르게 되었거니와, 그 자신조차도 '아다다!' 하고 부르면 마땅히 이름인 듯이 대답을 했다.

"이년까타나 끌이 세누나! 시켠엘 못 갔으문 오늘은 어드메든지 나가서 뒈디고 말아라, 이년아! 이년아! 아, 이년아!"

어머니는 눈알을 가로 세워 날카롭게도 흰자위만으로 흘기며 성큼 문턱을 넘어선다.

아다다는 어머니의 손길이 또 자기의 끌채[•]를 감아쥘 것을 연상하고 몸을 겨우 뒤채 비꼬아 일어서서 절룩절룩 굴뚝 모

퉁이로 피해 가며 어쩔 줄을 모르고 일변 고개를 좌우로 둘러 살피며 아연하게●도,

"아다 어 어마! 아다 어마! 아다다다다!"

하고 부르짖는다. 다시는 일을 아니 저지르겠다는 듯이, 그리고 한 번만 용서를 하여 달라는 듯싶게. 그러나 사정 모르는 체 기어이 쫓아간 어머니는,

"이년! 어서 뒈데라. 뒈디기 싫건 시집으로 당장 가거라. 못 가간?"

그리고 주먹을 귀 뒤에 넌지시 얼메고 마주 선다.

순간, 주먹이 떨어지면? 하는, 두려운 생각에 오싹 하고 끼치는 소름이 튀해 논 닭 같이 전신에 돋아나는 두드러기를 느끼는 찰나, '턱' 하고 마침내 떨어지는 주먹은 어느새 끌채를 감아쥐고 갈지자로 흔들어 댄다.

"아다 어어 어마! 아 아고 어 어마!"

아다다는 떨며 빌며 손을 몬다.

계용묵

계용묵은 1904년 평안북도 선천군에서 출생하였어요. 1927년 단편 소설 「최서방」을 발표하면서 작품 활동을 시작하였어요. 1928년 일본으로 건너가 학업을 하였으나 집이 파산하여 1931년 귀국하고 1935년에 그의 대표작이라 할 수 있는 「백치 아다다」를 〈조선문단〉에 발표하면서 주목을 끌었어요. 그 후 소설가 정비석과 함께 월간지 〈대조〉를 펴내거나 시인 김억과 함께 '수선사'라는 출판사를 세우기도 했어요. 1961년 〈현대문학〉에 소설을 연재하던 중 사망하였어요. 대표작으로 「병풍에 그린 닭이」, 「심원」 등이 있어요.

아연하다 … 너무 놀라거나 어이가 없어서 또는 기가 막혀서 입을 딱 벌리고 말을 못하는 상태.

그러나 소용이 없다. 한번 손을 댄 어머니는 그저 죽어 싸다는 듯이 자꾸만 흔들어 댄다. 하니, 그렇지 않아도 가꾸지 못한 텁수룩한 머리는 물결처럼 흔들리며 구름 같이 피어나선 얼크러진다.

그래도 아다다는 그저 빌 뿐이요, 조금도 반항하려고는 않는다. 이런 일은 거의 날마다 지나 보는 것이기 때문에 한대야, 그것은 도리어 매까지 사는 것이 됨을 아는 것이다. 집에 일이 아무리 밀려 돌아가더라도 나 모르는 체 손 싸매고 들어앉았으면 오히려 이런 봉변은 아니 당할 것이, 가만히 앉았지는 못했다.

선천적으로 타고난 천치*에 가까운 그의 성격은 무엇엔지 힘에 부치는 노력이 있어야 만족을 얻는 듯했다. 시키건, 안 시키건, 헐하나, 힘차나, 가리는 법이 없이 하여야 될 일로 눈에 띄기만 하면 몸을 아끼는 일이 없이 하는 것이 그였다. 그래서 집안의 모든 고된 일은 실로 아다다가 혼자서 치워 놓게 된다.

그러나 어머니는 그것이 반갑지 않았다. 둔한 지혜로 마련 없이 뼈가 부러지도록 몸을 돌보지 않고, 일종 모험에 가까운 짓을 하게 되므로, 그 반면에 따르는 실수가 되레* 일을 저질

천치 … 날 때부터 정신이 완전하지 못하여 어리석고 못난 사람.

되레 … '도리어'의 준말.

러 놓게 되어, 그릇 같은 것을 깨쳐 먹는 일은 거의 날마다 있다 하여도 옳을 정도로 있었다.

그래도 아다다의 힘을 빌리지 않고는 집안일을 못 치겠다면 모르지만, 그는 참례를 하지 않아도 행랑에서 차근차근 다해 줄 일을 쓸데없이 가로맡아*선 일을 저질러 놓고 마는 데에 그 어머니는 속이 상했다.

본시 시집을 보내기 전에도 그 버릇은 지금이나 다름이 없어 벙어리인데다 행동까지 그러하였으므로 내용 아는 인근에서는 그를 얻어 가려는 사람이 없었다. 그리하여 열아홉 고개를 넘기도록 처묻어 두고 속을 태우다 못해 깃부(지참금*)로 논 한 섬지기를 처넣어 똥 치듯 치워 버렸던 것이, 그만 5년이 멀다 다시 쫓겨 와, 시집에는 아예 갈 생각도 아니하고 하루 같은 심화를 올렸다. 그래서 어머니는 역겨운 마음에 아다다가 실수를 할 때마다 주릿대를 내리고 참례를 말라건만 그는 참는다는 것이 그 당시뿐이요, 남이 일을 하는 것을 보면 속이 쏘는 듯이 슬그머니 나와서 곁을 슬슬 돌다가는 손을 대고 만다.

바로 사흘 전엔가도 무명 김을 할 때 활짝 단 솥뚜껑을 마련* 없이 맨손으로 열다가 뜨거움을 참지 못해 되는 대로 집

가로맡다 … 남의 할 일을 가로채서 맡거나 대신해서 맡다.

지참금 … 신부가 시집 갈 때에 친정에서 가지고 가는 돈.

마련 … 헤아려서 갖춤.

어 엎는 바람에 그만 자배기●를 깨쳐서 욕과 매를 한바탕 겪고 났었건만 어제저녁 행랑 색시더러 오늘은 묵은 된장을 옮겨 담아야 되겠다고 이르는 말을 어느 결에 들었던지 아다다는 아침밥이 끝나자 어느새 나가서 혼자 된장을 퍼 나르다가 그만 또 실수를 한 것이었다.

"못 가간? 시집이! 못 가간? 이년! 못 갔음 죽어라!"

움켜쥐었던 머리를 힘차게 휙 두르며 밀치는 바람에 손에 감겼던 머리카락이 끊어지는지 빠지는지 무뚝 묻어나며 아다다는 비칠비칠 서너 걸음 물러난다.

순간 정신이 어찔해진 아다다는 넘어지지 않으려고 애써 버지럭거리며 삐치는 다리에 겨우 진정을 얻어 세우자,

"아다 어마! 아다 어마! 아다 아다!"

하고, 다시 달려들 듯이 눈을 흘기고 섰는 어머니를 향하

자배기 ⋯ 둥글넓적하고 아가리가 넓게 벌어진 질그릇.

여 눈물을 글썽한 눈을 끔벅 한 번 감아 보이고, 그리고 북쪽을 손가락질하여, 어머니의 말대로 시집으로 가든지 그렇지 않으면 죽어라도 버리겠다는 뜻으로 고개를 주억이며 겁에 질려 어쩔 줄을 모르고 허청허청 대문 밖으로 몸을 이끌어 냈다.

나오기는 나왔으나 갈 곳이 없는 아다다는 마당귀를 돌아서선 발길을 더 내놓지 못하고 우뚝 섰다.

시집으로 간다고 하였으나, 아무리 생각해도 남편의 매는 어머니의 그것보다 무섭다. 그러면 다시 집으로 들어가나? 이번에는 외상없는 매가 떨어질 것 같다. 어디로 가야 하나? 갈 곳 없는 갈 곳을 뒤짜 보자니 눈물이 주는 위로밖에 쓸데없는 5년 전 그 시집이 참을 수 없이 그립다.

—치울세라, 더울세라, 힘이 들까, 고단할까, 알뜰살뜰히 어루만져 주던 시부모, 밤이면 품속에 꼭 껴안아 피로를 풀어 주던 남편. 아! 얼마나 시집에서는 자기를 위하여 정성을 다 하던 것인가?

참으로, 아다다가 처음 시집을 가서 5년 동안은 온 집안의 사랑을 한 몸에 받아 왔던 것이 사실이다.

소설의 갈래

소설은 200자 원고지를 기준으로 그 분량에 따라 콩트, 단편 소설, 중편 소설, 장편 소설, 대하소설 등으로 나눌 수 있어요. 콩트는 원고지 30장 내외의 제일 짧은 소설로, 짧은 분량에 깊은 내용을 담아내어 작가의 재치와 해학이 돋보여요. 단편 소설은 원고지 100장 내외로, 하나의 사건을 이야기하여 구성이 단순한 편이에요. 중편 소설은 원고지 500장 내외로, 단편 소설과 장편 소설의 중간 형태라고 볼 수 있어요. 장편 소설은 원고지 1,000장 이상으로 사회의 다양한 면을 그려 여러 가지 사건이 얽혀 있는 복잡한 형태를 띠고 있어요. 대하소설은 사람들의 생애나 가족의 역사 등을 사회적 배경 속에서 시대의 흐름에 따라 이야기하는 소설이에요.

벙어리라는 조건이 귀에 들어맞은 것은 아니었으나, 돈으로 아내를 사지 아니하고는 얻어 볼 수 없는 처지에서 스물여덟 살에 아직 장가를 못 들고 있는 신세로 목구멍조차 치기 어려운 형세이었으므로, 아내를 얻게 되기의 여유를 기다리기까지에는 너무도 막연한 앞날이었다. 벙어리나마 일생을 먹여 줄 것까지 가지고 온다는 데 귀가 번쩍 띄어 그 자리를 앗기울까* 두렵게 혼사를 지었던 것이니, 그로 인해서 먹고살게 되는 시집에서는 아다다를 아니 위할 수가 없었던 것이다. 그러한 가운데 또한 아다다는 못 하는 일이 없이 일 잘하고, 고분고분 말 잘 듣고, 조금도 말썽을 부리는 일이 없었다. 그래서 생활고가 주는 역겨움이 쓸데없이 서로 눈독을 짓게 하여 불쾌한 말만으로 큰소리가 끊일 새 없이 오고 가던 가족은 일시에 봄비를 맞는 동산같이 화락한 웃음의 꽃을 피웠다.

앗다 … 빼앗거나 가로채다.

원래 바른 사람이 못 되는 아다다에게는 실수가 없는 것이 아니었으나, 그로 인해서 밥을 먹게 된 시집에서는 조금도 역겹게 안 여겼고, 되레 위로를 하고 허물을 감추기에 서로 힘을 썼다.

여기에 아다다가 비로소 인생의 행복을 느끼며, 시집가기 전 지난날 어머니 아버지가 쓸데없는 자식이라는 구실 밑에, 아니, 되레 가문을 더럽히는 앙화(殃禍)의 자식이라고 사람으로서의 푼수에도 넣어 주지 않고 박대하던 일을 생각하고는 어머니 아버지를 원망하는 나머지 명절 목이나 제향 때이면 시집에서는 그렇게도 가 보라는 친정이었지만 이를 악물고 가지 않고, 행복 속에 묻혀 살던 지나간 그날이 아니 그리울 수가 없었다.

그러나 그날은 안타깝게도 다시 못 올 영원한 꿈속에 흘러가고 말았다.

해를 거듭하며 생활의 밑바닥에 깔아 놓았던 한 섬지기라는 거름이 차츰 그들을 여유한 생활로 이끌어, 몇백 원이란 돈이 눈앞에 굴게 되니, 까닭 없이 남편 되는 사람은 벙어리로서의 아내가 미워졌다.

조그만 실수가 있어도 눈을 흘겼다. 그리고 매를 내렸다.

앙화 … 재난. 재앙.

섬지기 … 논밭 넓이의 단위.

이 사실을 아는 아버지는 그것은 들어오는 복을 차 버리는 짓이라고 타이르나, 듣지 않았다. 그리하여 부자간에 충돌이 때때로 일어났다. 이럴 때마다 아버지에게는 감히 하고 싶은 행동을 못 하는 아들은 그 분을 아내에게로 돌려 풀기가 일쑤였다.

"이년, 보기 싫다! 네 집으로 가거라."

그리고, 다음에 따르는 것은 매였다. 그러나 아다다는 참아가며 아내로서의, 그리고 며느리로서의 임무를 다했다.

이것이 시부모로 하여금 더욱 아다다를 귀엽게 만드는 것이어서, 아버지에게서는 움직일 수 없는 며느리인 것을 깨닫게 된 아들은 가정적으로 불만을 느끼게 되어 한 해의 농사를 지은 추수를 온통 팔아 가지고 집을 떠나서 마음의 위안을 찾아 돌다가 주색에 돈을 다 탕진하고 동무들과 물거품 같이 밀리어 안동현(安東縣)으로 건너갔다.

그리하여, 이 투기적(投機的)인 도시에서 뒹굴며 노동의 힘으로 밑천을 얻어선 '양화[●]'와 '은떼루[●]'에 투기하여 황금을 꿈꾸어 오던 것이 기적적으로 맞아 나기 시작하여 이태 만에는 2만 원에 가까운 돈을 손에 쥐게 되었다. 그리하여 언제나 불만이던 완전한 아내로서의 알뜰한 사랑에 주렸던 그는 돈

투기적 ⋯ 기회를 틈타 큰 이익을 보려는 성질.

양화 ⋯ 서양의 화폐. 달러 사업.

은떼루 ⋯ 은광 사업.

명민 ⋯ 총명하고 민첩하다.

뻐젓하다 ⋯ 남에 비해 빠지지 아니할 정도로 번듯하다.

에 따르는 무수한 여자 가운데서 마음
대로 흡족히 골라 가지고 집으로 돌아
왔다.

그리고는, 새로운 살림을 꿈꾸는 일
변 새로이 가옥을 건축함과 동시에 아
다다를 학대함이 전에 비할 정도가 아
니었다. 이에는, 그 아버지도 명민[●]하
고 인자한 남부끄럽지 않은 뼈젓한[●]
새며느리에게 마음이 쏠리는 나머지,
이미 생활은 걱정이 없이 되었으니, 아
다다의 깃부로써가 아니라도 유족할
앞날의 생활을 돌아볼 때 아들로서의
아다다에게 대하는 태도는 소모도 마
음에 걸리는 것이 없었다. 그리하여 시
부모의 눈에서까지 벗어나게 된 아다
다는 호소할 곳조차 없는 사정에 눈감
은 남편의 매를 견디다 못해 집으로 쫓
겨 오게 되었던 것이니, 생각만 하여도
옛 매 자리가 아픈 그 시집은 죽으면 죽었지 다시는 찾아갈

계용묵의 「별을 헨다」

계용묵의 또 다른 대표작으로는 8·15
광복 이후의 사회를 다룬 「별을 헨다」
가 있어요. 주인공 '나'는 어머니와 만주
에서 살다가 독립이 되자 고국으로 돌
아온 지식인이에요. 하지만 1년이 넘
도록 방 한 칸 마련하지 못하여 곤란해
하자, 만주에서 나올 때 같은 배를 타고
오며 알게 된 친구가 일본 집에 수속 없
이 들어와 살고 있는 사람을 내쫓고 대
신 살게 해 준다고 제의해요. 그렇지만
'나'는 그가 자신과 같은 처지가 될 거
라고 걱정하며 거절하고 할 수 없이 고
향인 이북으로 떠나려고 서울역에 가
요. 그렇지만 거기에서 우연히 만난 고
향 사람은 이북도 마찬가지라 남쪽으
로 내려온 것이라는 말에 '나' 또한 고향
으로 돌아가길 단념하고 말아요. 이 작
품으로 계용묵은 해방 이후 고향을 잃
은 이들의 고난과 지식인의 내면을 표
현하고자 했던 거예요.

생각이 없었던 것이다.

그래서 집에 있게 되니 그것보다는 좀 헐할망정, 어머니의 매도 결코 견디기에 족한 것이 아니다. 그리고 그것은 날마다 더 심해만 왔다. 오늘도 조금만 반항이 있었던들, 어김없이 매는 떨어지고 말았을 것이다.

그러나 어디로 가나? 아무리 생각을 해 보아야 그저 이 세상에서는 수룡이네 집밖에 또 찾아갈 곳은 없었다.

수룡은 부모 동생조차 없이 30이 넘은 총각으로, 누구보다도 자기를 사랑하여 준다고 믿는 단 한 사람이었다. 그리하여 쫓기어날 때마다 그를 찾아가선 마음의 위안을 얻어 오던 것이다.

아다다는 문득 발걸음을 떼어 아지랑이 어른거리는 마을 끝 산턱 아래 떨어져 박힌 한 채의 오막살이를 향하여 마당귀를 꺾어 돌았다.

수룡은 벌써 1년 전부터 아다다를 꾀어 왔다. 시집에서 쫓겨난 벙어리였으나, 김 초시의 딸이라, 스스로도 낮추 보여지는 자신으로서는 거연히 염을 내지 못하고 뜻있는 마음을 건

너 볼 길이 없어 속을 태워 가며 눈치만 보아 오던 것이, 눈치에서보다는 베풀어진 동정이 마침내, 아다다의 마음을 사게 된 것이었다.

아이들은 아다다를 보기만 하면 따라다니며 놀렸다. 아니, 어른까지도 '아다다, 아다다!' 하고 골을 올려서 분하나, 말을 못 하고 이상한 시늉을 하며 두덜거리는 것을 보므로 좋아라고 손뼉을 치며 웃었다.

그래서 아다다는 사람을 싫어하였다. 집에 있으면 어머니의 욕과 매, 밖에 나오면 뭇사람●들의 놀림, 그러나 수롱이만은 자기를 사랑하는 것이었다. 아이들이 따라다닐 때에도 남아니 말려 주는 것을 그는 말려 주고, 그리고 매에 터질 듯한 심정을 풀어 주는 것이었다.

그리하여 아다다는 마음이 불편할 때마다 수롱을 생각해 오던 것이, 얼마 전부터는 찾아다니게까지 되어 동네의 눈치에도 이미 오른 지 오랬다.

그러나 아다다의 집에서도 그 아버지만이 지처(地處)●를 가지기 위하여 깔맵게●아다다의 행동을 경계하는 듯하고, 그 어머니는 도리어 수롱이와 배가 맞아서 자기 눈앞에 보이지 아니하고, 어디로든지 달아났으면 하는 눈치를 알게 된 수롱

뭇사람 … 많은 사람. 여러 사람.

지처 … 처지. 처하여 있는 사정이나 형편.

깔맵다 … 성질이 깔끔하고 매섭게 독하거나 사납다.

이는 지금에 와서는 어느 정도까지 내어놓다시피 그를 사귀어 온다.

아다다는 제집이나처럼 서슴지도 않고 달리어 오자마자 수룡이네 집 문을 벌컥 열었다.

"아, 아다다!"

수룡은 의외에 벌떡 일어섰다.

"너 또 울었구나!"

울었다는 것이 창피하긴 하였으나, 숨길 차비*가 아니다. 호소할 길 없는 가슴속에 꽉 찬 설움은 수룡이의 따뜻한 위무*가 어떻게도 그리웠는지 모른다.

방 안에 들어서기가 바쁘게 쫓기어난 이유를 언제나 같이 낱낱이 말했다.

"그러기 이제 아야, 다시는 집으로 가지 말구 나하구 둘이서 살아, 응?"

그리고 수룡은 의미 있는 웃음을 벙긋벙긋 웃어 가며 아다다의 등을 척척 두드려 달랬다. 오늘은 어떻게 해서든지 자기의 것을 영원히 만들어 보고 싶은 욕망에 불탔던 것이다.

그러나 아다다는,

"아다 무 무서! 아바 무 무서! 아다아다다다!"

차비 ··· 채비.

위무 ··· 위로하고 어루만져 달램.

하고, 그렇게 한다면 큰일 난다는 듯이 눈을 둥그렇게 뜬다. 집에서 학대를 받고 있느니보다는 수롱의 사랑 밑에서 살았으면 오죽이나 행복되랴! 다시 집으로는 아니 들어가리라는 생각이 없었던 바도 아니었으나, 정작 이런 말을 듣고 보니, 무엇엔지 차마 허하지 못할 것이 있는 것 같고 그렇지 않은지라 눈을 부릅뜨고 수롱이한테 다니지 말라는 아버지의 이르던 말이 연상될 때 어떻게도 그 말은 엄한 것이었다.

"우리 둘이 달아났음 그만이디 무섭긴 뭐이 무서워?"

"……."

아다다는 대답이 없다.

딴은 그렇기도 한 것이다. 당장 쫓기어난 몸이 갈 곳이 어딘고? 다시 생각을 더듬어 볼 때 어머니의 매는 아버지의 그 눈총보다도 몇 배나 더한 두려움으로 견딜 수 없이 아픈 것이다. 그러마고 대답을 못 하고 거역한 것이 금시 후회스러웠다.

"안 그래? 무서울 게 뭐야. 이젠 아야 집으루 가지 말구 나하구 있어. 응?"

"응, 아다 이 있어, 아다 아다."

하고, 아다다는 다시 있자는 수롱이의 말이 나오기를 기다렸던 듯이, 그리고 살 길은 이제 찾기었다는 듯이, 한숨과 같이 빙긋 웃으며 있겠다는 뜻을 명백히 보이기 위하여 고개를 주억이며 혓바닥을 손으로 툭툭 뚜드려 보인다.

"그렇지 그래, 정 있으야 돼, 응?"

"응, 이서 이서 아다 아다."

"정말이야?"

"으, 응 저 정 아다 아다."

단단히 강문을 받고 난 수롱이는 은근히 솟아나는 미소를 금할 길이 없었다.

벙어리인 아다다가 흡족할 이치는 없었지만, 돈으로 사지 아니하고는 아내라는 것을 얻어 볼 수 없는 처지였다. 그저 생기는 아내는 벙어리였어도 족했다. 그저 자기의 하는 일이나 도와주고 아들딸이나 낳아 주었으면 자기는 게서 더 바랄 것이 없었다. 아내를 얻으려고 10여 년 동안을 불피풍우 품

불피풍우 ⋯ 비바람을 무릅쓰고 한결같이 일을 함.

을 팔아 궤 속에 꽁꽁 묶어 둔 150원이란 돈이 지금에 와서는, 아내 하나를 얻기에 그리 부족할 것은 아니나, 장가를 들지 아니하고 아다다를 꾀어 온 이유도, 아다다를 꾀임으로 돈을 남겨서, 그 돈으로는 살림의 밑천을 만들어 가정의 마루를 얹자는 데서였던 것이다. 이제 그 계획이 은근히 성공에 가까워 오매 자기도 남과 같이 가정을 이루어 보게 되누나 하니 바라지도 못하였던 인생의 행복이 자기에게도 이제는 찾아오는 것 같았다.

"우리 아다다."

수롱이는 아다다의 등에 손을 얹으며 빙그레 웃었다.

"아다 다."

아다다도 만족한 듯이 히쭉 입이 벌어졌다.

그날 밤을 수롱의 품안에서 자고 난 아다다는 이미 수롱의 아내 되기에 수줍음조차 잊었다. 아니, 집에서 자기를 받들어 들인다 하더라도 수롱을 떨어져서는 살 수 없으리만큼 마음은 굳어졌다. 수롱이가 주는 사랑은 이 세상에서는 더 찾을 수 없는 행복이라고 느끼어졌던 것이다.

그러나 영원한 행복을 위하여 이 자리에 그대로 박혀서는

누릴 수 없을 것이 다음에 남은 근심이었다. 수롱이와 같이 살자면, 첫째 아버지가 허하지 않을 것이요, 동네 사람도 부끄럽지 않은 노릇이 아니다. 이것은 수롱이도 짐짓 근심이었다. 밤이 깊도록 의논을 하여 보았으나 동네를 피하여 낯모르는 곳으로 감쪽같이 달아나는 수밖에 다른 묘책*이 없었다.

예식 없는 가약을 그들은 서로 맹세하고 그날 새벽으로 그 마을을 떠나, '신미도'라는 섬으로 흘러가서, 그곳에 안주를 정하였다. 그러나 생소한 곳이므로, 직업을 찾을 길이 없었다. 고기를 잡아 먹고사는 섬이라, 뱃놀음을 하는 것이 제 길이었으나, 이것은 아다다가 한사코 말렸다. 몇 해 전에 자기네 동네에서도 농토를 잃은 몇몇 사람이 이 섬으로 들어와 첫 배를 타다가 그만 풍랑에 몰살을 당하고 만 일이 있던 것을 잊지 못하는 때문이었다.

그렇지 않은지라, 수롱이조차도 배에는 마음이 없었다. 섬으로 왔다고는 하지만 땅을 파서 먹는 것이 조마구* 빨 때부터 길러 온 습관이요, 손익은 일이었기 때문에 그저 그 노릇만이 그리웠다.

그리하여 있는 돈으로 어떻게, 밭날갈이*나 사서 조 같은 것이나 심어 가지고 겨울의 시탄*과 양식을 대게 하고 짬짬이

묘책 ⋯ 매우 교묘한 꾀.

조마구 ⋯ 조막. 주먹보다 작은 물건의 덩이를 비유적으로 이르는 말.

밭날갈이 ⋯ 며칠 동안 걸려서 갈 만큼 큰 밭.

시탄 ⋯ 땔나무와 숯. 석탄.

조개나 굴, 낙지, 이런 것들을 캐어서 그날그날을 살아갔으면 그것이 더할 수 없는 행복일 것만 같았다.

그러지 않아도 30 반생에 자기의 소유라고는 손바닥만 한 것조차 없어, 어떻게도 몽매에 그리던 땅이었는지 모른다. 완전한 아내를 사지 아니하고 아다다를 꼬여 온 것도 이 소유욕에서였다. 아내가 얻어진 이제, 비록 많지는 않은 땅이나마 가져 보고 싶은 마음도 간절하였거니와, 또는 그만한 소유를 가지는 것이 자기에게 향한 아다다의 마음을 더욱 굳게 하는 데도 보다 더한 수단일 것 같았기 때문이다.

그런데다 본시 뱃놀음판인 섬인데, 작년에 놀구지가 잘되었다 하여 금년에 와서 더욱 시세를 잃은 땅은 비록 때가 기경시(起耕時)라 하더라도 용이히 살 수까지 있는 형편이었으므로, 그렇게 하리라 일단 마음을 정하니, 자기도 땅을 마침내 가져 보누나 하는 생각에 더할 수 없는 행복을 느끼며 아다다에게도 이 계획을 말하였다.

"우리 밭을 한 뙈기 사자, 그래두 농살 허야 사람 사는 것 같다. 내가 던답을 살라구 묶어 둔 돈이 있거든."

하고 수룡이는 봐라는 듯이 실경 위에 얹힌 석유통 궤 속에서 지전 뭉치를 뒤져내더니, 손끝에다 침을 발라 가며 펄딱

몽매 … 잠을 자면서 꾸는 꿈.

기경시 … 논밭을 가꾸는 시기.

용이 … 어렵지 아니하고 매우 쉬움.

던답 … 전답. 논밭.

실경 … 물건을 얹어 놓기 위하여 방이나 마루 벽에 두 개의 긴 나무를 가로질러 선반처럼 만든 것인 '시렁'의 사투리.

펄딱 뒤져 보인다.

그러나 그 돈을 본 아다다는 어쩐지 갑자기 화기[*]가 줄어든다.

수롱이는 그것이 이상했다. 돈을 보면 기꺼워할 줄 알았던 아다다가 도리어 화기를 잃은 것이다. 돈이 있다니 많은 줄 알았다가 기대에 틀림으로써인가?

"이거 봐! 그래 봐두, 이게 1천 500냥(150원)이야. 지금 시세에 밭 2천 평은 한참 놀다가두 떡 먹두룩 살 건데."

그래도 아다다는 아무 대답이 없다. 무엇 때문엔지 수심의 빛까지 역연히[*] 얼굴에 떠오른다.

"아니 밭이 2천 평이문 조를 심는다 하구, 잘만 가꿔 봐, 조가 열 섬에 조짚이 100여 목 날 터이야. 그래, 이걸 개지구 겨울 한동안이야 못 살아? 그럭허구 둘이 맞붙어 몇 해만 벌어 봐? 그 적엔 논이 또 나오는 거야. 이건 괜히 생……."

아다다는 말없이 머리를 흔든다.

"아니, 내래 이게, 거즈뿌레기[*]야? 열 섬이 못 나?"

아다다는 그래도 머리를 흔든다.

"아니, 고롬 밭은 싫단 말인가?"

"아다 시 싫어."

화기 … 생기 있는 기색. 온화한 기색.

역연하다 … 분명히 알 수 있도록 또렷하다.

거즈뿌레기 … 거짓부렁이.

그리고 힘없이 눈을 내리깐다.

아다다는 수롱이에게 돈이 있다 해도 실로 그렇게 많은 돈이 있는 줄은 몰랐다. 그래서 그 많은 돈으로 밭을 산다는 소리에, 지금까지 꿈꾸어 오던 모든 행복이 여지없이도 일시에 깨어지는 것만 같았던 것이다. 돈으로 인해서 그렇게 행복할 수 있던 자기의 신세는 남편(전남편)의 마음을 약하게 만들므로, 그리고, 시부모의 눈까지 가리는 것이 되어, 필야엔 쫓겨나지 아니치 못하게 되던 일을 생각하면, 돈 소리만 들어도 마음은 좋지 않던 것인데, 이제 한 푼 없는 알몸인 줄 알았던 수롱이에게도 그렇게 많은 돈이 있어 그것으로 밭을 산다고 기꺼워하는 것을 볼 때, 그 돈의 밑천은 장래 자기에게 행복을 가져다주기보다는 몽둥이를 가져다주는 데 지나지 못하는 것 같았고, 밭에다 조를 심는다는 것은 불행의 씨를 심는다는 것만 같았기 때문이다.

아다다는 그저 섬으로 왔거니 조개나 굴 같은 것을 캐어서

일시 … 어느 한 시기의 짧은 동안에.

필야 … 틀림없이 꼭.

그날그날을 살아가야 할 것만이 수롱의 사랑을 받는 데 더할 수 없는 살림인 줄만 안다. 그래서 이러한 살림이 얼마나 즐거우랴! 혼잣속으로 축복을 하며 수롱을 위하여 일층벌기에 힘을 써야 할 것을 생각해 오던 것이다.

"고롬 논을 사재나? 밭이 싫으문?"

수롱은 아다다의 의견을 알고 싶어 이렇게 또 물었다.

그러다 아다다는 그냥 힘없이 고개만 주억일 뿐이었다. 논을 산대도 그것은 똑같은 불행을 사는 데 있을 것이다. 돈이 있는 이상 어느 것이든지간 사기는 반드시 사고야 말 남편의 심사이었음에 머리를 흔들어 댔자 소용이 없을 것이었다. 그리하여 그 근본 불행인 돈을 어찌할 수 없는 이상엔 잠시라도 남편의 마음을 거슬리므로 불쾌하게 할 필요는 없다고 아는 때문이었다.

"흥! 논이 좋은 줄은 너두 아누나! 그러나 가난한 놈에겐 밭이 논보다 나았디 나아."

하고, 수롱이는 기어기 밭을 사기로, 그 달음에 거간을 내세웠다.

그날 밤.

일층 ⋯ 한층. 일정한 정도에서 한 단계 더.

거간 ⋯ 사고파는 사람 사이에 들어 흥정을 붙임.

아다다는 자리에 누웠으나 잠이 오지 않았다.

남편은 아무런 근심도 없는 듯이 세상모르고 씩씩 초저녁부터 자낸건만, 아다다는 그저 돈 생각을 하면 장차 닥쳐 올 불길한 예감에 잠을 이룰 수가 없었다. 이불을 붙안고[*] 밤새도록 쥐어틀며 아무리 생각을 해야 그 돈을 그대로 두고는 수룡의 사랑 밑에서 영원한 행복을 누릴 수 있으리라고는 믿기지 않았다.

짧은 봄밤은 어느덧 새어 새벽을 알리는 닭의 울음소리가 사방에서 처량히 들려온다.

밤이 벌써 새누나 하니, 아다다의 마음은 더욱 조급하게 탔다. 이 밤으로 그 돈에 대한 처리를 하지 못하는 한, 내일은 기어이 거간이 밭을 흥정하여 가지고 올 것이다. 그러면 그 밭에서 나는 곡식은 해마다 돈을 불려 줄 것이다. 그때면 남편은 늘어 가는 돈에 따라 차차 눈은 어둡게 되어 점점 정은 멀어만 가게 될 것이다. 그다음에는? 그다음에는 더 생각하기조차 무서웠다.

닭의 울음소리에 따라 날은 자꾸만 밝아 온다. 바라보니 어느덧 창은 희끄스럼하게 비친다. 아다다는 더 누워 있을 수가 없었다. 옆에 누운 남편을 지그시 팔로 밀어 보았다. 그러나

붙안다 … 두 팔로 부둥켜안다.

움찍하지도 않는다. 그래도 못 믿기는 무엇이 있는 듯이 남편의 코에다 가까이 귀를 가져다 대고 숨소리를 엿들었다. 씨근씨근 아직도 잠은 분명히 깨지 않고 있다. 아다다는 슬그머니 이불 속을 새어 나왔다. 그리고 실경 위의 석유통을 휩쓸어 그 속에다 손을 넣었다. 그리하여 마침내 지전 뭉치를 더듬어서 손에 쥐고는 조심조심 발자국 소리를 죽여 가며 살그머니 문을 열고 부엌으로 내려갔다.

그리고는 일찍이 아침을 지어 먹고 나무새기를 뽑으러 간다고 바구니를 끼고 바닷가로 나섰다. 아무도 보지 못하게 깊은 물속에다 그 돈을 던져 버리자는 것이다.

솟아오르는 아침 햇발을 받아 붉게 물들며 잔뜩 밀린 조수●는 거품을 부걱부걱 토하며 바람결조차 철썩철썩 해안에 부딪친다.

아다다는 바구니를 내려놓고 허리춤 속에서 지전 뭉치를 쥐어 들었다. 그리고는 몇 겹이나 쌌는지 알 수 없는 헝겊 조각을 둘둘 풀었다. 헤집으니 1원짜리, 5원짜리, 10원짜리 무수한 관 쓴 영감들이 나를 박대해서는 아니 된다는 듯이, 모두들 마주 바라본다. 그러나 아다다는 너 같은 것을 버리는 데는 아무런 미련도 없다는 듯이, 넘노는 물결 위에다 휙 내

조수 … 아침에 밀려들었다가 나가는 바닷물.

어 뿌렸다. 세찬 바닷바람에 채인 지전은 바람결 쫓아 공중으로 올라가 팔랑팔랑 허공에서 재주를 넘어 가며 산산이 헤어져, 멀리, 그리고 가깝게 하나씩 하나씩 물 위에서 떨어져서는 넘노는 물결조차 잠겼다 떴다 소꾸막질을 한다.

어서 물속으로 가라앉든지, 그렇지 않으면 흘러 내려가든지 했으면 하고 아다다는 멀거니 서서 기다리나 너저분하게 물 위를 덮은 지전 조각들은 차마 주인의 품을 떠나기가 싫은 듯이 잠겨 버렸는가 하면 다시 기웃거리며 솟아올라서는 물 위를 빙글빙글 돈다.

하더니, 썰물이 잡히자부터야 할 수 없는 듯이 슬금슬금 밑이 떨어져 흐르기 시작한다.

아다다는 상쾌하기 그지없었다. 밀려 내려가는 무수한 그 지전 조각들은 자기의 온갖 불행을 모두 거두어 가지고 다시 돌아올 길이 없는 끝없는 한바다로 내려갈 것을 생각할 때 아다다는 춤이라도 출 듯이 기꺼웠다.

그러나 그 돈이 완전히 눈앞에 보이지 않게 흘러 내려가기까지에는 아직도 몇 분 동안을 요하여야 할 것인데, 뒤에서 허덕거리는 발자국 소리가 들리기에 돌아다보니 뜻밖에도 수

소꾸막질 … '무자맥질'의 사투리. 물속에 들어가서 팔다리를 놀리며 떴다 잠겼다 하는 짓.

한바다 … 매우 깊고 넓은 바다.

롱이가 헐떡이며 달려오는 것이 아닌가.

"야! 야! 아다다야! 너, 돈 돈 안 건새핸? 돈, 돈 말이야, 돈?"

청천의 벽력같은 소리였다.

아다다는 어쩔 줄을 모르고 남편이 이까지 이르기 전에 어서어서 물결은 휩쓸려 돈을 모두 거둬 가지고 흘러 버렸으면 하나, 물결은 안타깝게도 그닐그닐 한가히 돈을 이끌고 흐를 뿐, 아다다는 그 돈이 어서 자기의 눈앞에서 자취를 감추어 버리는 것을 보기 위하여 거덜거리고 있는 돈 위에다 쏘아 박은 눈을 떼지 못하고 쩔쩔매는 사이, 마침내 달려오게 된 수롱이 눈에도 필경 그 돈은 띄고야 말았다.

뜻밖에도 바다 가운데 무수하게 지전 조각이 널려서 앞서거니 뒤서거니 둥둥 떠내려가는 것을 본 수롱이는 아다다에게 그 연유를 물을 필요도 없이 미친 듯이 옷을 훨훨 벗고 첨버덩 물속으로 뛰어들었다.

그러나 헤엄을 칠 줄 모르는 수롱이는 돈이 엉키어 도는 한복판으로 들어갈 수가 없었다. 겨우 가슴패기까지 잠기는 깊이에서 더 들어가지 못하고 흘러 내려가는 돈더미를 안타깝게도 바라보며 허우적허우적 달려갔다. 차츰 물결은 휩쓸려 떠내려가는 속력이 빨라진다. 돈들은 수롱이더러 어디 달려

와 보라는 듯이 휙휙 소꾸막질을 하며 흐른다. 그러나 물결이 세어질수록 더욱 걸음발은 자유로이 놀릴 수가 없게 된다. 더 퍽더퍽 물과 싸움이나 하듯 엎어졌다가는 일어서고, 일어섰다가는 다시 엎어지며 달려가나 따를 길이 없다. 그대로 덤비다가는 몸조차 물속으로 휩쓸려 들어갈 것 같아 멀거니 서서 바라보니 벌써 지전 조각들은 가물가물하고 물거품인지도 분간할 수 없으리만큼 먼 거리에서 흐르고 있다. 그러나 그것도 한순간이었다. 눈앞에는 아무것도 보이는 것이 없다. 휙휙 하고 밀려 내려가는 거품 진 물결뿐이다.

수롱이는 마지막으로 돈을 잃고 말았다고 아는 정도의 물결 위에 쏘아진 눈을 돌릴 길이 없이 정신 빠진 사람처럼 그냥그냥 바라보고 섰더니, 쏜살같이 언덕 편으로 달려오자 아무런 말도 없이 벌벌 떨고 섰는 아다다의 중동을 사정없이 발길로 제겼다*.

"훙앗!"

소리가 났다고 아는 순간, 철썩 하고 감탕이 사방으로 뛰자 보니, 벌써 아다다는 해안의 감탕판*에 등을 지고 쓰러져 있다.

"이— 이— 이……."

제기다 … 팔꿈치나 발꿈치 따위로 지르다.

감탕판 … 몹시 질어서 질퍽질퍽한 진흙땅.

「백치 아다다」

「백치 아다다」는 작가 계용묵의 고향 지방의 벙어리 이야기를 토대로 쓴 작품이에요. 주인공 '아다다'는 벙어리이자 백치이기 때문에 온갖 구박과 천대를 받지만, 그 안에서도 진실한 행복을 추구해요. 그렇지만 인간적인 삶을 꿈꾸던 '아다다'는 끝내 죽게 돼요. 반면 '수롱이'는 돈과 물질을 더 많이 가지려고 하는 현대인의 모습을 보여 줘요.

「백치 아다다」는 돈과 물질, 인간적인 진실한 삶 모두 인간에게 행복을 가져다주지는 못한다는 것을 말하고 있어요. 또한 진짜 삶의 가치는 무엇인지 묻고 있어요.

수롱이는 무슨 말인지를 하려고는 하나, 너무도 기에 차서 말이 되지를 않는 듯 입만 너불거리다가 아다다가 움찔하는 것을 보더니 아직도 살았느냐는 듯이 번개같이 쫓아 내려가 다시 한번 발길로 제겼다.

"풍!"

하는 소리와 같이 아다다는 꺼꿉센● 언덕을 떨어져 덜덜덜 굴러서 물속에 잠긴다.

한참 만에 보니 아다다는 복판도 한복판으로 밀려가서 숫구어 오르며 두 팔을 물 밖으로 허우적거린다. 그러나 그 깊은 파도 속을 어떻게 헤어나라! 아다다는 그저 물 위를 둘레둘레 굴며 요동을 칠 뿐, 그러나 그것도 한순간이었다. 어느덧 그 자체는 물속에 사라지고 만다.

주먹을 부르쥔 채 우상 같이 서서, 굽실거리는 물결만 그저 뚫어져라 쏘아보고 섰는 수롱이는 그 물속에 영원히 잠들려는 아다다를 못 잊어함인가? 그렇지 않으면, 흘러 버린 돈이

꺼꿉센 … '곤두박질'의 사투리.

차마 아까워서인가?

짝을 찾아 도는 갈매기 떼들은 눈물겨운 처참한 인생 비극이 여기에 일어난 줄도 모르고 '끼약끼약' 하며 흥거운 춤에 훨훨 날아다니는 깃 치는 소리와 같이 해안의 풍경만 돕고 있다.

붉은 산

김동인

'가련한 인생아. 인종의 거머리야.

가치 없는 인생아. 밥버러지야, 기생충아!'

여는 삶에게 말하였다.

"송 첨지가 죽은 줄 아나?"

여의 말에 아직껏 여를 쳐다보고 있던 삵의 얼굴이 아래로 떨어졌다.

그리고 여가 발을 떼려는 순간 얼핏 삵의 얼굴에 나타난

비장한 표정을 여는 넘길 수가 없었다.

그것은 여(余)°가 만주를 여행할 때 일이었다. 만주의 풍속도 좀 살필 겸 아직껏 문명의 세례°를 받지 못한 그들 사이에 퍼져 있는 병을 좀 조사할 겸해서 1년의 기한을 예산°하여 가지고 만주를 시시콜콜이 다 돌아온 적이 있었다. 그때에 ○○촌이라 하는 조그만 촌에서 본 일을 여기에 적고자 한다.

○○촌은 조선 사람 소작인만 사는 한 20여 호 되는 작은 촌이었다. 사면은 둘러보아도 한 개의 산도 볼 수가 없는 광막한 만주 벌판 가운데 놓여 있는 이름도 없는 작은 촌이었다.

몽고 사람 종자(從者)°를 하나를 데리고 노새를 타고 만주의 농촌을 돌아다니던 여가 그 ○○촌에 이른 때는 가을도 다 가고 어느덧 광포한 북극의 겨울이 만주를 찾아온 때였다.

만주의 어느 곳이나 조선 사람 없는 곳은 없지만 이러한 오지(奧地)°에서 한 동네가 죄 조선 사람으로만 되어 있는 곳을 만나니 반가웠다. 더구나 그 동네는 비록 모두가 만주국인의 소작인이라 하나, 사람들이 비교적 온량하고 정직하여 장성한 이들은 그래도 모두 천자문 한 권쯤은 읽은 사람이었다.

여 … 나.

세례 … 어떤 사건이나 현상으로 받는 영향.

예산 … 진작부터 마음에 두어 작정을 함.

종자 … 남을 따라다니는 사람.

오지 … 해안이나 도시에서 멀리 떨어진 대륙 내부의 땅.

살풍경한 만주 그 가운데서 살풍경한 살림을 하는 만주국인이며 조선 사람의 동네를 근 1년이나 돌아다니다가 비교적 평화스런 이런 동네를 만나면, 그것이 비록 외국인의 동네라 하여도 반갑겠거늘, 하물며 우리 같은 동족임에랴. 여는 그 동네에서 한 10여 일 이상을 일없이 매일 호별* 방문을 하며 그들과 이야기로 날을 보내며, 오래간만에 맛보는 평화적 기분을 향락하고 있었다.

'삵'이라는 별명을 가지고 있는 '정익호'라는 인물을 본 것이 여기서이다.

익호라는 인물의 고향이 어디인지는 ○○촌에서 아무도 몰랐다. 사투리로 보아서 경기 사투리인 듯하지만 빠른 말로 재재거리는 때에는 영남 사투리가 뵐 때도 있었고, 싸움이라도 할 때는 서북 사투리가 보일 때도 있었다. 쉬운 일본말도 알고, 한문 글자도 좀 알고, 중국말은 물론 꽤 하고, 쉬운 러시아말도 할 줄 아는 점 등 이곳저곳 숱하게 주워 먹은 것은 짐작이 가지만 그의 경력을 똑똑히 아는 사람은 없었다.

그는 여가 ○○촌에 가기 1년 전쯤 빈손으로 이웃이라도 오듯 후닥닥 ○○촌에 나타났다고 한다. 생김생김으로 보아

호별 … 집집마다.

서 얼굴이 쥐와 같고 날카로운 이빨이 있으며, 눈에는 교활함과 독한 기운이 늘 나타나 있으며, 발룩한 코에는 코털이 밖으로까지 보이도록 길게 났고, 몸집은 작으나 민첩하게 되었고, 나이는 스물다섯에서 40까지 임의로 볼 수 있으며, 그 몸이나 얼굴 생김이 어디로 보든 남에게 미움을 사고 근접치 못할 놈이라는 느낌을 갖게 한다.

그의 장기는 투전이 일수며, 싸움 잘하고, 트집 잘 잡고, 칼부림 잘하고, 색시에게 덤벼들기 잘하는 것이라 한다.

생김생김이 벌써 남에게 미움을 사게 되었고, 거기다 하는 행동조차 변변치 못한 일만이라 ○○촌에서도 아무도 그를 대척하는 사람이 없었다. 사람들은 모두 그를 피하였다. 집이 없는 그였으나 뉘 집에 잠이라도 자러 가면 그 집 주인은 두말없이 다른 방으로 피하고 이부자리를 준비하여 주곤 하였다. 그러면 그는 이튿날 해가 낮이 되도록 실컷 잔 뒤에 마치 제 집에서 일어나듯 느직이 일어나서 조반*을 청하여 먹고는 한 마디의 사례도 없이 나가 버린다. 그리고 만약 누구든 그의 이 청구에 응하지 않으면 그는 그것을 트집으로 싸움을 시작하고, 싸움을 하면 반드시 칼부림을 하였다.

동네의 처녀들이며 젊은 여인들은 익호가 이 동네에 들어

조반 … 아침 끼니를 먹기 전에 간단하게 먹는 음식.

온 뒤부터는 마음 놓고 나다니지를 못
하였다. 철없이 나갔다가 봉변을 당한
사람도 몇이 있었다.

'삵'

이 별명은 누가 지었는지 모르지만,
○○촌에서는 익호를 익호라 부르지
않고 '삵'이라고 부르게 되었다.

"삵이 뉘 집에서 묵었나?"

"김 서방네 집에서."

"다른 봉변은 없었다나?"

"요행히 없었다네."

그들은 아침에 깨면 서로 인사 대신
으로 삵의 거취*를 알아보곤 하였다.

삵은 이 동네에는 커다란 암종*이었다. 삵 때문에 아무리
농사에 사람이 부족한 때라도 젊고 튼튼한 사람은 동네의 젊
은 부녀를 지키기 위하여 동네 안에 머물러 있지 않을 수가
없었다. 삵 때문에 부녀와 아이들은 아무리 더운 여름 저녁이
라도 길에 나서서 마음 놓고 바람을 쐬어 보지를 못하였다.
삵 때문에 동네에서는 닭의 어리며 돼지우리를 지키기 위하

거취 … 사람이 어디로
가거나 다니거나 하는
움직임.

암종 … 악성 종양.

여 밤을 새우지 않을 수가 없었다.

동네의 노인이며 젊은이들은 몇 번 모여서 삵은 이 동리에서 내어 쫓기를 의논하였다. 물론 합의는 되었다. 그러나 내어 쫓는 데 선착*할 사람이 없었다.

"첨지가 선착하면 뒤는 내 담당하마."

"뒤는 걱정 말고 형님 먼저 말해 보시오."

제각기 삵에게 먼저 달겨들기를 피하였다.

이리하여 동리에서는 합의는 되었으나 삵은 그냥 태연히 이 동네에 묵어 있게 되었다.

"며늘 년들이 조반이나 지었나?"

"손주 놈들이 잠자리나 준비했나?"

마치 그 동네의 모두가 자기의 집 안인 것 같이 '삵'은 마음대로 이 집 저 집을 드나들었다.

○○촌에서는 사람이라도 죽으면 반드시 조상 대신으로,

"삵이나 죽지 않고."

하는 한마디의 말을 잊지 않곤 하였다.

누가 병이라도 나면,

"에익! 이놈의 병 삵한테로 가거라."

라고 하였다.

선착 … 남보다 먼저 함.

암종……. 누구나 삶을 동정하거나 사랑하는 사람이 없었다.

삶도 남의 동정이나 사랑은 벌써 단념한 사람이었다. 누가 자기에게 아무런 대접을 하든 탓하지 않았다. 보이는 데서 보이는 푸대접을 하면 그 트집으로 반드시 칼부림까지 하는 그이었지만 뒤에서 아무런 말을 할지라도ー그리고 그것이 삶의 귀에까지 갈지라도 탓하지 않았다.

"흥……."

이 한 마디는 그의 가장 큰 처세 철학이었다. 흔히 곁동네 만주국인들의 투전판에 가서 투전을 하였다. 때때로 두들겨 맞고 피투성이가 되어서 돌아오는 일도 있었다. 그러나 그는 그 하소연을 하는 일이 없었다. 한다 할지라도 들을 사람도 없거니와ー아무리 무섭게 두들겨 맞은 뒤라도 하루 만에 샘물에 상처를 씻고 절룩절룩한 뒤에는 또 이튿날 천연히 나다녔다.

여가 ○○촌을 떠나기 전날이었다.

송 첨지라는 노인이 그해 소출°을 나귀에 실어 가지고 만주국인 지주가 있는 촌으로 갔다. 그러나 돌아올 때에는 송장°이 되어 있었다. 소출이 좋지 못하다고 두들겨 맞아서 부러지

소출 … 논밭에서 나는 곡식.

송장 … 죽은 사람의 몸을 이르는 말.

고 꺾어진 송 첨지는, 나귀 등에 몸이 결박[●]되어서 겨우 ○○
촌으로 돌아왔다. 그리고 놀란 친척들이 나귀에서 몸을 내릴
때에 절명[●]되었다. ○○촌에서는 와자하였다.

"원수를 갚자!"

명(命)[●]아닌 목숨을 끊은 송 첨지를 위하여 동네의 젊은이
는 모두 흥분하였다. 제각기 이제라도 들고 일어설 듯하였다.

그러나 그뿐이었다. 아무도 앞장을 서려는 사람이 없었다.
만약 누구든 이때에 앞장을 서려는 사람이 있었더라면, 그들
은 곧 그 지주에게로 달려갔을지 모른다. 그러나 제가 앞장을
서겠노라고 나서는 사람은 없었다.

제각기 곁사람을 돌아보았다.

발을 굴렀다. 부르짖었다. 학대받는 인종의 고통을 호소하
며 울었다. 그러나 그뿐이었다. 남의 일로 지주에게 반항하여
제 밥자리까지 떼이기를 꺼림인지 용감히 앞서 나가는 사람
은 없었다.

여는 의사라는 여의 직업상, 송 첨지의 시체를 검시[●]하였
다. 돌아오는 길에 여는 삵을 만났다. 키가 작은 삵을 여는 내
려다보았다. 삵은 여를 쳐다보았다.

'가련한 인생아. 인종의 거머리야. 가치 없는 인생아. 밥버

결박 … 몸이나 손 따
위를 움직이지 못하도
록 동여 묶음.

절명 … 목숨이 끊어
짐.

명 … 정하여져 있는
목숨.

검시 … 사람의 사망이
범죄로 인한 것인가를
판단하기 위하여 시체
를 조사하는 일.

러지야, 기생충아!'

여는 삵에게 말하였다.

"송 첨지가 죽은 줄 아나?"

여의 말에 아직껏 여를 쳐다보고 있던 삵의 얼굴이 아래로 떨어졌다. 그리고 여가 발을 떼려는 순간 얼핏 삵의 얼굴에 나타난 비장한 표정을 여는 넘길 수가 없었다.

고향을 떠난 만 리 밖에서 학대받는 인종의 가엾음을 생각하고 그 밤은 여도 잠을 못 이루었다.

그 억분함을 호소할 곳도 못 가진 우리의 처지를 생각하고, 여도 눈물을 금하지를 못하였다.

이튿날 아침이었다.

여를 깨우러 오는 사람의 소리에 여는 반사적*으로 일어났다. 삵이 동구(洞口)* 밖에서 피투성이가 되어 죽어 있다는 것이었다. 여는 삵이라는 말에 눈살을 찌푸렸다. 그러나 의사라는 직업상 곧 가방을 수습하여 가지고 삵이 넘어져 있는 데까지 달려갔다. 송 첨지의 장례식 때문에 모였던 사람 몇은 여의 뒤를 따라왔다.

여는 보았다. 삵의 허리가 기역 자로 뒤로 부러져서 밭고랑 위에 넘어져 있는 것을 여는 보았다. 아직 약간의 온기는 있었다.

"익호! 익호!"

그러나 그는 정신을 못 차렸다. 여는 응급수단을 취하였다. 그의 사지는 무겁게 경련되었다.

이윽고 그가 눈을 번쩍 떴다.

"익호! 정신 드나?"

그는 여의 얼굴을 보았다. 끝이 없이 한참을 쳐다보았다. 그의 눈동자가 움직이었다.

거우 처지를 깨달은 모양이었다.

"선생님, 저는 갔었습니다."

"어디를?"

"그놈, 지주 놈의 집에……."

"무얼?"

여는 눈물 나오려는 눈을 힘 있게 닫았다. 그리고 덥석, 그의 벌써 식어 가는 손을 잡았다. 잠시의 침묵이 계속되었다. 그의 사지에는 무서운 경련이 끊임없이 일었다. 그것은 죽음의 경련이었다. 듣기 힘든 작은 그의 소리가 또 그의 입에서 나왔다.

"선생님."

「붉은 산」

1933년 〈삼천리〉에 발표한 「붉은 산」은 '어떤 의사의 수기'라는 부제를 가진 단편 소설이에요. 일제 강점기 만주로 이민 가서 살던 우리 민족이 이민족에게 겪은 수난을 그린 작품으로, 주인공 '삵'은 비도덕적이고 몰염치하지만, 그도 민족과 조국에 대한 애정과 그리움을 가지고 있어요. 다시 말해, '삵'은 고국을 떠나 유랑하는 우리 민족과 그 비극을 상징하는 거예요. 여기에 제목인 '붉은 산'과 '흰옷'은 조국애, 민족애를 나타내는 소재로 일제 강점기의 고통받는 우리 민족의 생활상을 고스란히 보여 주고 있어요.

"왜?"

"보고 싶어요. 전 보고 시⋯⋯."

"뭣이?"

그는 입을 움직였다. 그러나 말이 안 나왔다. 기운이 부족한 모양이었다. 잠시 뒤에 그는 또다시 입을 움직였다. 무슨 소리가 그의 입에서 나왔다.

"무얼?"

"보고 싶어요. 붉은 산이⋯⋯. 그리고 흰옷이⋯⋯."

아아, 죽음에 임하여 그는 고국과 동포가 생각난 것이었다. 여는 힘 있게 감았던 눈을 고즈넉이 떴다. 그때의 삵의 눈도 번쩍 뜨이었다. 그는 손을 들려고 하였다. 그러나 이미 부러진 그의 손은 들리지 않았다. 그는 머리를 돌이키려 하였다. 그러나 그럴 힘이 없었다.

그는 마지막 힘을 혀끝에 모아 가지고 입을 열었다.

"선생님!"

"왜?"

"저것…… 저것……."

"무얼?"

"저기 붉은 산이……. 그리고 흰옷이……. 선생님, 저게 뭐여요?"

여는 돌아보았다. 그러나 거기는 황막한 만주 벌판이 전개되어 있을 뿐이었다.

"선생님, 노래를 불러 주세요. 마지막 소원……. 노래를 해주세요. 동해물과 백두산이 마르고 닳도록……."

여는 머리를 끄덕이고 눈을 감았다. 그리고 입을 열었다. 여의 입에서는 창가가 흘러나왔다.

여는 고즈넉이 불렀다.

"동해물과 백두산이……."

고즈넉이 부르는 여의 창가 소리에 뒤에 둘러섰던 다른 사람의 입에서도 숭엄한 코러스는 울리어 나왔다.

"……무궁화 삼천 리 화려 강산……."

광막●한 겨울의 만주벌 한편 구석에서는 밥버러지 익호의 죽음을 조상하는 숭엄한 노래가 차차 크게 엄숙하게 울렸다. 그 가운데 익호의 몸은 점점 식어 갔다.

광막 … 아득하게 넓음.

등신불

김동리

❝ 머리 위에 향로를 이고 두 손을 합장한, 고개와 등이

앞으로 좀 수그러진, 입도 조금 헤벌어진,

그것은 불상이라고 할 수도 없는, 형편없이 초라한,

그러면서도 무언지 보는 사람의 가슴을 쥐어짜는 듯한,

사무치게 애절한 느낌을 주는

등신대(等身大)의 결가부좌상(結跏趺坐像)이었다. **❞**

등신불(等身佛)●은 양자강(揚子江) 북쪽에 있는 정원사(淨願寺)의 금불각(金佛閣)● 속에 안치되어 있는 불상의 이름이다. 등신금불(等身金佛) 또는 그냥 금불이라고도 불렀다.

그러니까 나는 이 등신불, 등신금불로 불리는 불상에 대해 보고 듣고 한 그대로를 여기다 적으려 하거니와, 그보다 먼저, 내가 어떻게 해서 그 정원사라는 먼 이역●의 고찰(古刹)●을 찾게 되었었는지 그것부터 이야기해야겠다.

내가 일본에 대정대학 재학 중에, 학병●(태평양 전쟁●)으로 끌려 나간 것은 1943년 이른 여름, 내 나이 스물세 살 나던 때였다.

내가 소속된 부대는 북경(北京)서 서주(徐州)를 거쳐 남경(南京)에 도착되었다. 그리하여 우리는 다른 부대가 당도할 때까지 거기서 머무르게 되었다. 처음에 주둔●이라기보다 대기에 속하는 편이었으나 다음 부대의 도착이 예상보다 늦어지자 나중은 교체 부대가 당도할 때까지 주둔군(駐屯軍)의 임무를 맡게 되었다.

등신불 … 사람의 크기와 같게 만든 불상.

금불각 … 금부처를 모신 집.

이역 … 다른 나라의 땅.

고찰 … 역사가 오래된 옛 절.

학병 … 학생 신분으로 군대에 들어간 병사.

태평양 전쟁 … 1941년부터 1945년까지 일본과 연합국 사이에 벌어진 전쟁.

주둔 … 군대가 임무 수행을 위하여 일정한 곳에 집단적으로 얼마 동안 머무르는 일.

그때 우리는 확실한 정보는 아니지만 대체로 인도지나나 인도네시아 방면으로 가게 된다는 것을 어림으로 짐작하고 있었기 때문에, 하루라도 오래 남경에 머물면 머물수록 그만큼 우리의 목숨이 더 연장되는 거와 같이 생각하고 있었다. 따라서 교체 부대가 하루라도 더 늦게 와 주었으면 하고 마음속으로 은근히 빌고 있는 편이기도 했다.

실상은 그냥 빌고 있는 심정만도 아니었다. 더 나아가서 이 기회에 기어이 나는 나의 목숨을 건져 내어야 한다고 결심했다. 나는 이런 기회를 위하여 미리 약간의 준비(조사)까지 해 두었던 것이다. 그것은 중국의 불교학자로서 일본에 와 유학을 하고 돌아간 ― 특히 대정대학 출신으로 ― 사람들의 명단을 조사해 둔 일이 있었다. 나는 비장(秘藏)한 작은 쪽지에서 '남경 진기수(陣奇修)'란 이름을 발견했을 때, 야릇한 흥분으로 가슴이 두근거리며 머릿속까지 횡해지는 듯했다.

그러나 낯선 이역의 도시에서, 더구나 나 같은 일본군에 소속된 한국 출신 학병의 몸으로서, 그를 찾고 못 찾고 하는 일이 곧 내가 죽고 사는 판가름이라고 생각하지 않았던들, 또 내가 평소에 나의 책상머리에 언제나 걸어 두고 바라보던 관세음보살님이 미소로써 나를 굽어보고 있는 것이라고 믿어지

인도지나 … '인도차이나'의 음역어.

비장 … 남이 모르게 감추어 두거나 소중히 간직함.

판가름 … 승패나 생사존망을 결판내는 일.

지 않았던들 그때의 그러한 용기와 지혜를 내 속에서 나는 자아내지 못했을는지 모른다.

나는 우리 부대가 앞으로 사흘 이내에 남경을 떠난다고 하는―그것도 확실한 정보가 아니고 누구의 입에선가 새어 나온 말이지만―조마조마한 고비에 정심원(靜心院―남경에 있는 중국인 불교 포교당)에 있는 포교사(布敎師)**를 통하여 진기수 씨가 남경 교외의 서공암(棲空庵)이라는 작은 암자에 독거(獨居)**하고 있다는 것을 알게 되었다.

그날 내가 서공암에서 진기수 씨를 찾게 된 것은 땅거미가 질 무렵이었다. 나는 그를 보자 합장을 올리며 무수히 머리를 수그림으로써 나의 절박한 사정과 그에 대한 경의를 먼저 표한 뒤 솔직하게 나의 처지와 용건을 털어놓았다.

그러나 평생 처음 보는 타국 청년―그것도 적군의 군복을 입은―에게 그러한 협조를 쉽사리 약속해 줄 사람은 없었다. 그의 두 눈이 약간 찡그러지며 입에서는 곧 거절의 선고가 내릴 듯한 순간, 나는 미리 준비하고 갔던 흰 종이를 끄집어내어 내 앞에 폈다. 그리고는 바른편 손 식지**끝을 스스로 물어서 살을 떼어낸 다음 그 피로써 다음과 같이 썼다.

"願免殺生 歸依佛恩"(원컨대 살생을 면하게 하옵시며 부처

포교사 … 교리를 널리 펴는 승려나 신도.

독거 … 혼자 삶. 홀로 지냄.

식지 … 집게손가락.

님의 은혜 속에 귀의●코자 하나이다).

나는 이 여덟 글자의 혈서를 두 손으로 받들어 그의 앞에 올린 뒤, 다시 합장을 했다.

이것을 본 진기수 씨는 분명히 얼굴빛이 달라졌다. 그것은 반드시 기쁜 빛이라 할 수는 없었으나 조금 전의 그 거절의 선고만은 가셔진 듯한 얼굴이었다.

잠깐 동안 침묵이 흐른 뒤, 진기수 씨는 나직한 목소리로 입을 열었다.

"나를 따라오게."

나는 곧 자리에서 일어나 그의 뒤를 따라갔다.

깊숙한 골방●이었다.

진기수 씨는 나를 그 컴컴한 골방 속에 들여보내고 자기는 문을 닫고 도로 나가 버렸다. 조금 뒤 그는 법의●(法衣—中國 僧侶服) 한 벌을 가져와 방 안으로 디밀며,

"이걸로 갈아입게."

하고는 또다시 문을 닫고 나갔다.

나는 한숨이 터져 나왔다. 이제야 사는가 보다 하는 생각이 나의 가슴속을 후끈하게 적셔 주는 듯했다.

내가 옷을 갈아입고 났을 때, 이번에는 또 간소한 저녁상

귀의 ⋯ 부처에게 의지하여 구원을 청함.

골방 ⋯ 큰방의 뒤쪽에 딸린 작은방.

법의 ⋯ 승려가 입는 가사나 장삼 따위의 옷.

이 디밀어졌다. 나는 말없이 디밀어진 저녁상을 또한 그렇게 말없이 받아서 지체 없이 다 먹어 치웠다.

내가 빈 그릇을 문밖으로 내어놓자 밖에서 기다리고나 있었던 듯 이내 진기수 씨가 어떤 늙은 중 하나를 데리고 들어왔다.

"이분을 따라가게. 소개장은 이분에게 맡겼어. 큰절(本刹)의 내법사 스님한테 가는……."

"……."

나는 무조건 네, 네, 하며 곧장 머리를 끄덕일 뿐이었다. 나를 살려 주려는 사람에게 무조건 나를 맡길 수밖에 없었던 것이다.

"길은 일본 병정들이 알지도 못하는 산속 지름길이야. 한 100리 남짓 되지만 오늘이 스무하루니까 밤중 되면 달빛도 좀 있을 게구……. 그럼…… 불연(佛緣)* 깊기를…… 나무관세음보살."

그는 나를 향해 합장을 하며 머리를 수그렸다.

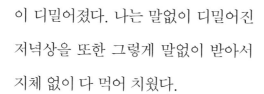

김동리

김동리는 1913년에 태어났고 1934년 시 「백로」가 〈조선일보〉 신춘문예에 당선되어 작품 활동을 시작했어요. 그리고 1935년 〈중앙일보〉, 1936년 〈동아일보〉 신춘문예에 당선되어 소설가로서의 길을 걷기 시작했어요. 그의 작품은 우리 민족의 전통적 소재를 현대적으로 풀어내어 민족 문학의 전통을 확대한 것으로 평가받고 있어요. 대표작은 「등신불」 외에도 「무녀도」, 「황토기」 등이 있어요.

불연 … 중생이 불교나 부처와 맺은 인연.

"……."

나는 목이 콱 메여 옴을 깨달았다. 눈물이 핑 돈 채 나도 그를 향해 잠자코 합장을 올렸다.

어둡고 험한 산길을 경암(鏡岩) ― 나를 데리고 가는 늙은 중 ―은 거침없이 걸었다. 아무리 발에 익은 길이라 하지만 군데군데 나뭇가지가 걸리고 바닥이 패이고 돌이 솟고 게다가 굽이굽이 간수(澗水)가 가로지른 초망(草莽, 풀속) 속의 지름길을 칠흑 같은 어둠 속에서 어쩌면 그렇게도 잘 뚫고 나가는지 그저 신기하기만 했다. 내가 믿는 것은 젊음 하나뿐이련만 그는 20리나 30리를 걸어도 힘에 부치어 쉬자고 할 기색은 보이지 않았다.

나는 쉴 새 없이 손으로 이마의 땀을 씻어 가며 그의 뒤를 따랐으나 한참씩 가다 보면 어느덧 그를 어둠 속에 잃어버리곤 했다. 나는 몇 번이나 나뭇가지에 얼굴이 긁히고, 돌에 채여 무릎을 찢기고 하며 "대사…" "대사…" 그를 불러야만 했다. 그럴 때마다 경암은 혼잣말로 낮게 중얼거리며 나를 기다려 주는 것이나, 내가 가까이 가면 또 아무 말도 없이 그냥 획 돌아서서 걸음을 옮겨 놓기 시작하는 것이다.

간수 … 골짜기에서 흐르는 물.

밤중도 훨씬 넘어 조각달이 수풀 사이로 비쳐 들면서 나는 비로소 생기를 얻기 시작했다. 이제부터는 경암이 제아무리 앞에서 달린다 하더라도 두 번 다시 그를 놓치지 않으리라 맘속으로 다짐했다.

이렇게 정세가 바뀌어졌음을 그도 느끼는지 내가 그의 곁으로 다가서자 그는 나를 흘낏 돌아다보더니, 한쪽 팔을 먼 데를 가리키며 반원을 그어 보이고는 200리라고 했다. 이렇게 지름길을 가지 않고 좋은 길로 돌아가면 200리 길이라는 뜻인 듯했다.

나는 한마디 얻어 들은 중국말로 "쎄 쎄" 하고 장단을 맞추며 고개를 끄덕여 보이곤 했다.

우리가 정원사 산문 앞에 닿았을 때는 이튿날 늦은 아침녘이었다. 경암은 푸른 수풀 속에 거뭇거뭇 보이는 높은 기와집들을 손가락질로 가리키며 자랑스런 얼굴로 무어라고 중얼거렸다. 나는 또 고개를 끄덕이며 "하오! 하오!"를 되풀이했다.

산문을 지나 정문을 들어서니 산무데기° 같은 큰 다락이 정면에 버티고 섰다. 현판을 쳐다보니 '태허루(太虛樓)'라 쓰여 있었다.

산문 ··· 절 또는 절의 바깥문.

산무데기 ··· 산무더기.

태허루 곁을 돌아 안마당 어귀에 들어서니 정면 한가운데 높직이 앉아 있는 가장 웅장한 건물이 법당[*]이라고 짐작이 가나 그 양옆으로 첩첩이 가로 세로 혹은 길쭉하게 눕고, 혹은 높다랗게 서고 혹은 둥실하게 앉은 무수한 집들이 모두 무슨 이름에 어떠한 구실을 하는 것들인지 첫눈엔 그저 황홀하고 얼떨떨할 뿐이었다.

경암은 나를 데리고, 그 첩첩이 둘러앉은 집들 사이를 한참 돌더니 청정실(淸淨室)이란 조그만 현판이 붙은 조용한 집 앞에 와서 기척을 했다. 방문이 열리더니 한 스무 살이나 될락 말락한 젊은 중이 얼굴을 내밀며 알은체를 한다. 둘이서(젊은이는 방문 앞에 서고 경암이 뜰아래 선 채) 한참 동안 말을 주고받고 한 끝에 경암이 나를 데리고 집 안으로 들어갔다.

방 안에는 머리가 하얗게 세고 키가 성큼하게 커 뵈는 노승이 미소 띤 얼굴로 경암과 나를 맞아 주었다. 나는 말이 통하지 않으므로 노승 앞에 발을 모으고 서서 정중히 합장을 올렸다. 어저께 진기수 씨 앞에서 연거푸 머리를 수그리던 것과는 달리 이번에는 한 번만 정중하게 머리를 수그려 절을 했던 것이다.

노승은 미소 띤 얼굴로 고개를 끄덕이며 나에게 자리를 가

법당 … 불상을 안치하고 설법도 하는 절의 건물.

리킨 뒤 경암이 내어 드린 진기수 씨의 편지를 펴 보았다.

"불은(佛恩)이로다."

편지를 읽고 난 노승은 이렇게 말했다(그것도 그때는 알아듣지 못했지만 나중에 가서 알고 보니 그랬다. 그리고 이것도 나중에야 알게 된 일이지만 이 노승이 두어 해 전까지 이 절의 주지를 지낸 원혜대사(圓慧大師)로 진기수 씨가 말한 자기의 법사(法師) 스님이란 곧 이분이었던 것이다).

그날 저녁 나는 원혜대사의 주선으로 그가 거처하고 있는 청정실 바로 곁의 조그만 방 한 칸을 혼자서 쓸 수 있게 되었다.

나를 그 방으로 인도해 준 젊은이—원혜대사의 시봉(侍奉) —는,

"저와 이웃이죠."

희고 넓적한 이를 드러내 보이며 빙긋이 웃었다. 그리고 자기 이름을 청운(靑雲)이라고 부른다고 했다.

나는 방 한 칸을 따로 쓰고 있지만 결코 방 안에 들어앉아 게으름을 피우지는 않았다. 나를 죽을 고비에서 건져 준 진기수 씨—그의 법명(法名)은 혜운(慧雲)이었다— 나 원혜대사의 은덕을 생각해서라도 나는 결코 남의 입질에 오르내릴 짓

불은 … 부처의 은혜.

법사 … 설법하는 승려. 법통을 이어받은 후계자.

시봉 … 모시어 받듦.

법명 … 승려가 되는 사람에게 지어 주는 이름.

입질 … '입길'의 사투리. 이러쿵저러쿵 남의 흉을 보는 입의 놀림.

을 해서는 안 되리라고 결심했다.

나는 아침 일찍이 일어나 세수를 하고, 예불을 끝내면 청운과 함께 청정실 안팎과 앞뒤의 복도와 뜰을 먼지 티끌 하나 없이 쓸고 닦았다.

뿐만 아니라, 다른 스님들을 따라 산에 가 약도 캐고 식량 준비도 거들었다(이 절에서도 전쟁 관계로 식량이 딸렸으므로 산중의 스님들은 여름부터 식용이 될 만한 풀잎과 나무뿌리 같은 것들을 캐러 산으로 가곤 했었다).

일을 마치고 돌아오면 손발을 깨끗이 씻고 내 방에 꿇어앉아 불경을 읽거나 그렇지 않으면 청운에게 중국어를 배웠다(이것은 나의 열성에다 청운의 호의가 곁들어서 그런지 의외로 빨리 진척이 되어 사흘 만에 이미 간단한 말로 ─ 물론 몇 마디씩이지만 대화하는 흉내까지 낼 수 있게 되었다).

아무리 방에 혼자 있을 때라도 취침 시간 이외엔 방 안에 번듯이 드러눕지 않도록 내 자신과 씨름을 했다. 그렇게 버릇을 들이지 않으려고 나는 몇 번이나 내 자신에게 다짐을 놓았는지 모른다. 졸음이 와서 정 견디기가 어려울 때는 밖으로 나와 어정대며 바람을 쐬곤 했다.

처음엔 이렇게 막연히 어정대며 바람을 쐬던 것이 얼마 가

식용 … 먹을 것으로 씀.

지 않아 나는 어정대지 않게 되었다. 으레 가는 곳이 정해지게 되었다. 그것은 저 금불각이었던 것이다.

여기서도 물론 나는 법당 구경을 먼저 했다.

본존(本尊)*을 모셔 둔 곳이니만큼 그 절의 풍도나 품격을 가장 대표적으로 보여 주는 곳이라는 까닭으로서보다도 절 구경은 으레 법당이 중심이라는 종래*의 습관 때문이라고 하는 편이 옳았는지 모른다. 그러나 내가 법당에서 얻은 감명은 우리나라의 큰 절이나 일본의 그것에 견주어 그렇게 자별*하다고 할 것이 없었다. 기둥이 더 굵대야 그저 그렇고, 불상이 더 크대야 놀랄 정도는 아니요, 그 밖에 채색이나 조각에 있어서도 한국이나 일본의 그것에 비하여 더 정교한 편은 아닌 듯했다. 다만 정면 한가운데 높직이 모셔져 있는 세 위(位)* 불상(훌륭히 도금을 입힌)을 그대로 살아 있는 사람으로 간주하고 힘겨룸을 시켜 본다면 한국이나 일본의 그것보다 더 놀라운 힘을 쓸 수 있지 않을까 하는 생각이었다. 그러니까 나로서는 어디까지나 '살아 있는 사람으로 간주하고 힘겨룸을 시켜 본다면' 하는 가정에서 말한 것이지만, 그네의 눈으로써 보면 자기네의 부처님(불상)이 그만큼 더 거룩하게만 보일는지 모를 일이었다. 더 쉽게 말하자면 내가 위에서 말한 더 놀라운

본존 … 법당에 모신 부처 가운데 가장 으뜸인 부처.

종래 … 이전부터 지금까지.

자별 … 본디부터 남다르고 특별하다.

위 … 신을 세는 단위.

힘이란 체력을 뜻하는 것이지만 그들의 눈에는 그것이 어떤 거룩한 법력이나 도력으로 비칠는지도 모른다는 것이었다.

그리고 내가 특히 이런 생각을 더하게 된 것은 금불각을 구경한 뒤였다. 금불각 속에 모셔져 있는 등신불(등신금불)을 보고 받은 깊은 감명이 그 절의 모든 것을, 특히 법당에 모셔져 있는 세 위의 큰 불상을, 거룩하게 느끼게 하는 어떤 압력 같은 것이 되어 나타났다고나 할까.

물론 나는 청운이나 원혜대사로부터 금불각에 대하여 미리 들은 바도 없으면서 금불각이 앉은 자리라든가 그 집 구조로 보아서 약간 특이한 느낌이 그 안의 불상(등신불)을 구경하기 전에 이미 들지 않았던 것은 아니다. 그것은 무엇보다도 법당 뒤꼍에서 길 반가량 높이의 돌계단을 올라가서, 거기서부터 약 오륙십 미터 거리의 석대(石臺)가 구축되고 그 석대가 곧 금불각에 이르는 길이 되어 있기 때문인지도 몰랐다. 더구나 그 석대가 똑같은 크기의 넓적넓적한 네모잽이 돌로 쌓아져 있는데 돌 위엔 보기 좋게 거뭇거뭇한 돌 옷이 입혀져 있었던 것이다. 말하자면 법당 뒤꼍의 동북쪽 언덕을 보기 좋은 돌로 평평하게 쌓아서 석대를 만들고 그 위에 금불각을 세워 놓은 것이다. 게다가 추녀와 현판을 모두 돌아가며 도금을 입히고

석대 … 돌을 쌓아 만든 밑받침.

네 벽에 새긴 조상(彫像)과 그림에 도금을 많이 써서 그야말로 밖에서 보는 건물 그 자체부터 금빛이 현란했다.

나는 본디 비단이나, 종이나, 나무나, 쇠붙이 따위에 올린 금물이나 금박 같은 것을 왠지 거북해하는 성미라 금불각에 입혀져 있는 금빛에도 그러한 경계심과 반감 같은 것을 품고 대했지만, 하여간 이렇게 석대를 쌓고 금칠을 하고 할 때는 그네들로서 무엇인가 아끼고 위하는 마음의 표시를 하느라고 한 것임에 틀림없을 것이라고 보지 않을 수 없었다.

그러면서도 나는 그 아끼고 위하는 것이 보나마나 대단한 것은 아니리라고 혼잣속으로 미리 단정을 내리고 있었다. 나의 과거 경험으로 본다면 이런 것은 대개 어느 대왕이나 황제의 갸륵한 뜻으로 순금을 많이 넣어 주조(鑄造)한 불상이라든가 또는 어느 천자가 어느 황후의 명목을 빌기 위해서 친히 불사를 일으킨 연유를 불상이라든가 하는 따위—대왕이나 황제의 권위를 보여 주기 위한 금빛이 십상이었기 때문이었다.

나의 이러한 생각은 그들이 이 금불각의 권위를 높이기 위하여 좀처럼 문을 열어 주지 않는 것을 보고 더욱 굳어졌다. 적어도 은화(銀貨) 다섯 냥 이상의 새전(賽錢)이 아니면 문을 여는 법이 없다는 것이다. 그렇지 않으면 어느 선남선녀의

조상 … 조각상.

반감 … 반대하거나 반항하는 감정.

주조 … 녹인 쇠붙이를 거푸집에 부어 물건을 만듦.

새전 … 신령이나 부처 앞에 바치는 돈.

큰 불공이 있을 때라야만 한다는 것이다(그리고 이때—큰 불공이 있을—에도 본사 승려 이외에 금불각을 참례*하는 자는 또 따로 새전을 내어야 한다는 것이다).

그렇다면 더구나 신도들의 새전을 긁어모으기 위한 술책으로 좁쌀만 한 언턱거리*를 가지고 연극을 꾸미고 있는 것임에 틀림이 없으리라고 나는 아주 단정을 하고 도로 내 방으로 돌아왔다가 그때 마침 청운이 중국어를 가르쳐 주려고 왔기에,

"저 금불각이란 게 뭐지?"

아무것도 아닌 것처럼 물어보았다.

"왜요?"

청운이 빙긋이 웃으며 도로 물었다.

"구경 갔더니 문을 안 열어 주던데……."

"지금 같이 가 볼까요?"

"무어, 담에 보지."

"담에라도 그럴 거예요, 이왕 맘 난 김에 가 보시구려."

청운이 은근히 권하는 빛이기도 해서 나는 그렇다면 하고 그를 따라 나갔다.

이번에는 청운이 숫제 금불각을 담당한 노승에게 쇳대(열쇠)를 빌려 와서 손수 문을 열어 주었다. 그리고 문 앞에 선

참례 … 부처에게 참회하고 예배하며 기도함.

언턱거리 … 남에게 무턱대고 억지로 떼를 쓸 만한 근거나 핑계.

채 그도 합장을 올렸다.

나는 그가 문을 여는 순간부터 미묘한 충격에 사로잡힌 채 그가 합장을 올릴 때도 그냥 멍하니 불상만 바라보고 서 있었다.

우선 내가 예상한 대로 좀 두텁게 도금을 입힌 불상임에는 틀림이 없었다. 그러나 그것은 전혀 내가 미리 예상했던 그러한 어떤 불상이 아니었다. 머리 위에 향로를 이고 두 손을 합장한, 고개와 등이 앞으로 좀 수그러진, 입도 조금 헤벌어진, 그것은 불상이라고 할 수도 없는, 형편없이 초라한, 그러면서도 무언지 보는 사람의 가슴을 쥐어짜는 듯한, 사무치게 애절한 느낌을 주는 등신대(等身大)*의 결가부좌상(結跏趺坐像)*이었다. 그렇게 정연하고 단아하게 석대를 쌓고 추녀와 현판에 금물을 입힌 금불각 속에 안치되어 있음직한 아름답고 거룩하고 존엄성 있는, 그러한 불상과는 하늘과 땅 사이라고나 할까, 너무도 거리가 먼, 어이가 없는, 허리도 제대로 펴고 앉지 못한, 머리 위에 조그만 향로를 얹은 채 우는 듯한, 웃는 듯한, 찡그린 듯한, 오뇌*와 비원(悲願)*이 서린 듯한, 그러면서도 무어라고 형언할 수 없는 슬픔이랄까, 아픔 같은 것이 보는 사람의 가슴을 꽉 움켜잡는 듯한, 일찍이 본 적도 상상한

등신대 … 사람의 크기와 같은 크기.

결가부좌상 … 한쪽 발을 다른 쪽 넓적다리 위에 놓고 앉은 상.

오뇌 … 뉘우쳐 한탄하고 번뇌함.

비원 … 부처와 보살의 자비심에서 우러난 중생 구제의 소원.

적도 없는 그러한 어떤 가부좌상이었다.

내가 그것을 바라보는 순간부터 나는 미묘한 충격에 사로잡히게 되었다고 말했지만, 그러나 그 미묘한 충격을 나는 어떠한 말로써도 설명할 길이 없었다. 다만 나는 그것을 바라보고 있는 동안 처음 보았을 때 받은 그 경악과 충격이 점점 더 전율과 공포로 화하여 나를 후려갈기는 듯한 어지러움에 휩싸일 뿐이었다고나 할까. 곁에 있던 청운이 나의 얼굴을 돌아다보았을 때도 나는 손끝 하나 까딱하지 못하며 정강마루와 아래턱을 그냥 덜덜덜 떨고 있을 뿐이었다.

'저건 부처님도 아니다! 불상도 아니야!'

나는 내 자신도 모르는 사이에 이렇게 목이 터지도록 소리를 지르고 싶었으나 나의 목구멍은 얼어붙은 듯 아무런 말도 새어 나지 않았다.

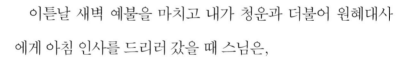

이튿날 새벽 예불을 마치고 내가 청운과 더불어 원혜대사에게 아침 인사를 드리러 갔을 때 스님은,

"어저께 금불각 구경을 갔었니?"

물었다.

내가 겁에 질린 얼굴로 참배했었다고 대답하자, 스님은 꽤

만족한 얼굴로,

"불은이로다."

했다.

나는 맘속으로 그건 부처님이 아니었어요, 부처님의 상호가 아니었어요, 하고 소리를 지르고 싶은 충동을 깨달았으나 굳이 입을 닫고 참을 수밖에 없었다.

이때 스님(원혜대사)은 내 맘속을 헤아리는 듯,

"그래 어느 부처님이 제일 맘에 들더냐?"

물었다.

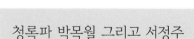
나는 실상 그 등신불에 질리어 그 곁에 모신 다른 불상들은 거의 살펴보지도 못했던 것이다.

"다른 부처님은 미처 보지도 못했어요. 가운데 모신 부, 부처님이 어떻게나 무, 무서운지……."

나는 또 아래턱이 덜덜덜 떨리어 말을 이을 수 없었다.

원혜대사는 말없이 나의 얼굴(아래턱이 덜덜덜 떨리는)을 가만히 건너다보고만 있었다. 그러자 나는 지금 금방 내 입으로 부처님이라고 말한 것이 생각났다. 왜 그런지 그렇게 말해서는 안 될 것을 말한 듯한 야릇한 반발이 내 속에서 폭발되었다.

"그렇지만…… 아니었어요…… 부처님의 상호˙ 같지 않았어요."

나는 전신의 힘을 다하여 겨우 이렇게 말해 버렸다.

"왜, 머리에 얹은 것이 화관˙이 아니고 향로˙래서 그러니? …… 그렇지, 그건 향로야."

원혜대사는 조금도 나를 꾸짖는 빛이 아니었다. 오히려 나의 그러한 불만에 구미가 당기는 듯한 얼굴이었다.

"……."

나는 잠자코 원혜대사의 얼굴을 쳐다보고 있었다. 곁에 있던 청운이 두어 번이나 나에게 눈짓을 했을 만큼 나의 두 눈은 스님을 쏘아보듯이 빛나고 있었다.

"자네 말대로 하면 부처님이 아니고 나한(羅漢)˙님이란 말인가. 그렇지만 나한님도 머리 위에 향로를 쓴 분은 없잖아. 오백나한(五百羅漢)˙ 중에도……."

나는 역시 입을 닫은 채 호기심에 가득 찬 눈으로 스님의

상호 … 부처의 몸에 갖추어진 훌륭한 용모와 형상.

화관 … 아름답게 장식한 관.

향로 … 향을 피우는 자그마한 화로.

나한 … 세상의 이치를 깨달아 널리 존경을 받는 성자.

오백나한 … 석가모니가 남긴 교리를 결집하기 위해 모였던 500명의 나한.

얼굴을 처다볼 뿐이었다.

그러나 원혜대사는 더 자세한 이야기를 들려주지 않았다.

"그렇지, 본래는 부처님이 아니야. 모두가 부처님이라고 부르게 됐어. 본래는 이 절의 스님인데 성불을 했으니까 부처님이라고 부른 게지. 자네도 마찬가지야."

스님은 말을 마치고 가만히 두 손을 모아 합장을 한다.

나도 머리를 숙이며 합장을 올리고 자리에서 일어났다.

그날 아침 공양을 마치고 청정실로 건너올 때 청운은 나에게 턱으로 금불각 쪽을 가리키며,

"나도 첨엔 이상했어, 그렇지만 이 절에선 영검이 제일 많은 부처님이라오."

"영검이라고?"

나는 이렇게 물었지만 실상은 청운이 서슴지 않고 부처님이라고 부르는 말에 더욱 놀랐던 것이다. 조금 전에도 원혜대사로부터 '모두가 부처님이라고 부르게 됐다'는 말을 듣긴 했지만 그때까지의 나의 머릿속에 박혀 있는 습관화된 개념으로써는 도저히 부처님과 스님을 혼동●할 수 없었던 것이다.

"그럼, 그래서 그렇게 새전이 많다오."

청운의 대답이었다. 그는 계속해서 들려주었다.

혼동 … 구별하지 못하고 뒤섞이어 생각함.

…스님의 이름은 잘 모른다. 당(唐)나라 때다. 1천 수백 년 전이라고 한다. 소신공양(燒身供養)으로 성불을 했다. 공양을 드리고 있을 때 여러 가지 신이(神異)가 일어났다. 이것을 보고 들은 수많은 사람들이 구름같이 모여들어서 아낌없이 새전과 불공을 드렸는데, 그들 가운데 영검을 보지 못한 사람은 하나도 없다. 그 뒤에도 계속해서 영검이 있었다. 지금까지 여기 금불각(등신금불)에 빌어서 아이를 낳고 병을 고치고 한 사람의 수효는 수천수만을 헤아린다. 그 밖에도 소원을 성취한 사람은 이루 다 헤아릴 수가 없다…….

나도 청운에게서 소신공양이란 말을 들었을 때 몸이 부르르 떨렸다.

"그러면 그럴 테지…….."

나는 무슨 뜻인지 이렇게 중얼거렸다. 그리고 잇달아 눈을 감고 합장을 올렸다. 나무아미타불, 나무아미타불! 나의 입에서는 나도 모르게 염불이 흘러 나왔다.

아아, 그 고뇌! 그 비원! 나의 감은 두 눈에서는 눈물이 번져 나왔다. 나무아미타불, 나무아미타불! 나는 발작과도 같이 곧장 염불을 외었다.

"나도 처음 봤을 때는 가슴이 뭉클했다오. 그 뒤에 여러 번

소신공양 … 자기 몸을 태워 부처 앞에 바치는 일.

성불 … 부처가 되는 일.

신이 … 새롭고도 이상함.

영검 … 사람의 기원대로 되는 신기한 징조를 경험함.

수효 … 낱낱의 수.

보고 나니까 차츰 심상해지더군."

청운이 빙긋이 웃으며 나를 위로하듯이 말했다.

그것은 그렇다 하더라도 나에게는 아무래도 석연치 못한 것이 있다.

소신공양으로 성불을 했다면 부처님이 되었어야 하지 않는가. 부처님이 되었다면 지금까지 모든 불상에 보아 온 바와 같은 거룩하고 원만하고 평화스러운 상호는 아니라 할지라도 그에 가까운 부처님다움은 있어야 하지 않을까. 거룩하고 부드럽고 평화스러움은 지녔어야 하지 않겠는가. 그러나 금불각의 가부좌상은 어디까지나 인간을 벗어나지 못한 고뇌와 비원이 서린 듯한 얼굴이 아니던가. 그럼에도 불구하고 과거의 어떠한 대각(大覺)•보다도 그렇게 영검이 많다는 것은 무슨 까닭인가.

나의 머릿속에서는 잠시도 이러한 의문들이 가셔지지 않았다. 더구나 청운에게서 소신공양으로 성불했다는 이야기를 들은 뒤부터는 금불이 아닌 새까만 숯덩이가 곧잘 눈에 삼삼거려 배길 수 없었다.

사흘 뒤에 나는 다시 금불을 찾았다. 사흘 전에 받은 충격

대각 … 도를 닦아 크게 깨달음. 부처.

이 어쩌면 나의 병적인 환상의 소치가 아닐까 하는 마음과, 또 청운의 말대로 '여러 번' 봐서 '심상해'진다면 나의 가슴에 사무친 '오뇌와 비원'의 촉수(觸手)도 다소 무디어지리라는 생각에서이다.

문이 열리자, 나는 그날 청운이 하던 대로 이내 머리를 수그리며 합장을 올렸다. 입으로는 쉴 새 없이 나무아미타불을 부르며, 눈꺼풀과 속눈썹이 바르르 떨리며 나의 눈이 열렸을 때 금불은 사흘 전의 그 모양 그대로 향로를 이고 앉아 있었다. 거룩하고 원만한 것의 상징인 듯한 부처님의 상호와는 너무나 거리가 먼, 우는 듯한, 웃는 듯한, 찡그린 듯한, 오뇌와 비원이 서린 듯한 가부좌상임에는 변함이 없었으나, 그 무어라고 형언할 수 없는 슬픔이랄까 아픔 같은 것이 전날처럼 송두리째 나의 가슴을 움켜잡는 듯한 전율에 휩쓸리지는 않았다. 나의 가슴은 이미 그러한 '슬픔이랄까 아픔 같은 것'으로 메워져 있었고, 또 거기서 '거룩하고 원만한 것의 상징인 부처님의 상호'를 기대하는 마음은 가셔져 있었기 때문인지도 몰랐다.

나는 다시 눈을 감고 합장을 올린 뒤, 바르르 떨리듯한 입술로 오랫동안 아미타불을 부르고 나서 금불각을 나왔다.

소치 … 어떤 까닭으로 생긴 일.

촉수 … 감각.

그날 저녁 예불을 마치고 청운과 더불어 원혜대사에게 저녁 인사(자리에 들기 전의)를 갔을 때 스님은 나를 보고,

"너 금불을 보고 나서 괴로워하는구나?"

했다.

"……."

나는 고개를 수그린 채 입을 열지 못하고 있었다.

"그럼, 너 금불각에 있는 그 불상의 기록을 봤느냐?"

스님이 또 물으시기에 내가 못 봤다고 했더니, 그러면 기록을 한번 보라고 했다.

이튿날 내가 청운과 더불어 아침 인사를 드릴 때 원혜대사는, 자기가 금불각에 일러두었으니 가서 기록을 청해서 보고 오라고 했다.

나는 스님께 합장하고 물러나와 곧 금불각으로 올라갔다.

「등신불」의 액자식 구성

「등신불」은 불교 설화를 활용한 액자 소설로서, 태평양 전쟁, 다시 말해 제2차 세계 대전에 학병으로 참가한 '나'의 이야기와 '만적'에 관한 이야기로 나뉘어 있어요. 여기에서 '나'의 이야기는 외부의 이야기이고, '만적'의 이야기는 내부 이야기라고 할 수 있어요. 이때 '나'의 이야기와 '만적'의 이야기를 나누는 데에는 시점도 한몫을 하고 있어요. '나'의 이야기는 1인칭 주인공 시점으로 서술한 반면, '만적'의 이야기는 전지적 작가 시점으로 서술했어요. 하지만 일반적인 액자 소설과는 달리 「등신불」에서는 '나'의 이야기와 '만적'의 이야기가 매우 긴밀히 연관되어 있다는 특징을 지니고 있어요.

금불각의 노승이 돌함(石函)에서 내어 준 폭이 한 뼘 남짓, 길이가 두 뼘 가량 되는 책자를 받아들었을 때 향기가 코를 찌르는 듯했다(벌레를 막기 위한 향료인 듯). 두터운 표지 위에는 금 글씨로 '만적선사소신성불기(萬寂禪師燒身成佛記)'라 씌어 있고, 책 모서리에도 금물이 먹여져 있었다.

표지를 젖히자 지면은 모두 잿빛 바탕(물감을 먹인 듯)이요, 그 위에 사연은 금 글씨로 다음과 같이 씌어져 있었다.

萬寂法名俗名曰耆姓曹氏也金陵出生父未詳母張
氏改嫁謝公仇之家仇有一子名曰信年似與耆名十
有餘歲一日母給食干二兒秘置以毒信之食耆偶窺
之而按是母貪謝家之財爲我故謀害前室之子以如
此耆不堪悲懷乃自欲將取信之食母見之驚而失色
奪之曰是非汝之食也何取信之食也信與耆默而不
答數日後信去自家行蹟渺然耆曰信巳去家我必携
信然後歸家卽以隱身而爲僧改稱萬寂以此爲法名
住於金陵法林院後移淨願寺無風庵修法干海覺禪
師寂二十四歲之春曰我生非大覺之材不如供養吾
身以報佛恩乃燒身而供養佛前時忽降雨沛然不犯

돌함 … 돌로 만든 함.

寂之燒身寂光漸明忽懸圓光以如月輪會眾見之而
震感佛恩癒身病眾曰是焚之法力所致競擲私財賽
錢多積以賽鍍金寂之燒身拜之爲佛然後奉置于金
佛閣時唐中宗十六年聖曆二年三月朔日.

만적은 법명이요, 속명은 기, 성은 조씨다. 금릉서 났지만
아버지가 어떤 이인지는 잘 모른다. 어머니 장씨는 사구(謝
仇)라는 사람에게 개가°를 했는데, 사구에게 한 아들이 있어
이름을 신이라 했다. 나이는 기와 같은 또래로 모두가 여남
은° 살씩 되었었다. 하루는 어미(장씨)가 두 아이에게 밥을
주는데 가만히 독약을 신의 밥에 감추었다. 기가 우연히 이
것을 엿보게 되었는데 혼자 생각하기를 이는 어머니가 나를
위하여 사씨 집의 재산을 탐냄으로써 전실° 자식인 신을 없
애려고 하는 짓이라 하였다. 기가 슬픈 맘을 참지 못하여 스
스로 신의 밥을 제가 먹으려 할 때 어머니가 보고 크게 놀라
질색을 하며 그것을 뺏고 말하기를, 이것은 너의 밥이 아니
다, 어째서 신의 밥을 먹느냐 했다. 신과 기는 아무도 대답하
지 않았다. 며칠 뒤 신이 자기 집을 떠나서 자취를 감춰 버렸
다. 기가 말하기를 신이 이미 집을 나갔으니 내가 반드시 찾

개가 … 결혼하였던 여
자가 남편과 사별하거
나 이혼하여 다른 남자
와 결혼함.

여남은 … 열이 조금
넘는 수.

전실 … 남의 전 부인
을 높여 이르는 말.

아 데리고 돌아오리라고 하고 곧 몸을 감추어 중이 되고 이름을 만적이라 고쳤다. 처음은 금릉에 있는 법림원에 있다가 나중은 정원사 무풍암으로 옮겨서, 거기서 해각선사에게 법을 배웠다. 만적이 스물네 살 되던 해 봄에, 나는 본래 도(道)를 크게 깨칠 인재가 못 되니 내 몸을 이대로 공양하여 부처님의 은혜에 보답함과 같지 못하다 하고 몸을 태워 부처님 앞에 바치는데, 그때 마침 비가 쏟아졌으나 만적의 타는 몸을 적시지 못할 뿐 아니라 점점 더 불빛이 환하더니 홀연히 보름달 같은 원광*이 비치었다. 모인 사람들이 이것을 보고 크게 불은을 느끼고 모두가 제 몸의 병을 고치니 무리들이 말하기를, 이는 만적의 법력 소치라 하고 다투어 사재를 던져 새전이 쌓여졌다. 새전으로써 만적의 탄 몸에 금을 입히고 절하여 부처님이라 하였다. 그 뒤 금불각에 모시니 때는 당나라 중종 16년 성력(연호) 2년 3월 초하루다.

내가 이 기록을 다 읽고 나서 청정실로 돌아가니 원혜대사가 나를 불렀다.

"기록을 보고 나니 괴롬이 덜하냐?"

스님이 물었다.

원광 … 부처와 보살의 몸 뒤로부터 내비치는 빛.

"처음같이 무섭지는 않았습니다마는 그 괴롭고 슬픈 빛은 가셔지지 않았습니다."

내가 대답하자, 스님은 고개를 끄덕이며,

"당연한 일이야, 기록이 너무 간략하고 섬소(纖疏)●해서……."

했다.

그것이 자기는 그보다 훨씬 많은 것을 알고 있는 듯한 말씨였다.

"그렇지만 1,200년도 넘는 옛날 일인데 기록 이외에 다른 일을 어떻게 알겠습니까?"

또 내가 물었다.

이에 대하여 원혜대사는 전해 내려오는 이야기가 있는데 산(절)에서는 그것을 함부로 이야기하지 않는 것으로 알고 있으며, 그러니까 그만치 금불각의 등신불에 대해서는 모두들 그 영검을 두려워하고 있는 셈이라고 정색을 하고 말했다.

소설을 이끌어 가는 갈등

소설 속 등장인물 사이에 일어나는 대립과 충돌, 또는 등장인물과 주변 환경 사이의 대립을 '갈등'이라고 불러요. 갈등은 소설 속에서 일어나는 사건을 이끌어 가는 데 핵심적인 역할을 해요. 갈등은 등장인물과 등장인물 사이의 갈등, 등장인물과 사회의 윤리나 제도 사이의 갈등, 등장인물과 운명 사이의 갈등, 등장인물의 마음속 갈등 등 매우 다양해요. 「등신불」에서는 매우 다양한 갈등이 나타나요. '나'와 일제 강점기라는 인간과 사회의 갈등, '나'와 '등신불' 또는 '원혜대사' 사이의 세속과 종교의 갈등, '만적'과 '어머니'의 인간과 인간 사이의 갈등, 만적의 이복동생인 '사신'의 인간과 운명 사이의 갈등 등이에요.

섬소 … 구조가 어설프다.

원혜대사가 나에게 들려준 이야기는 다음과 같다. 이것은 물론 1,200년간 등신금불에 대하여 절에서 내려오는 이야기를 원혜대사가 정리해서 간단히 한 이야기다.

……만적이 중이 되기까지의 이야기는 대개 기록과 같다. 그러나 그가 자기 몸을 불살라서 부처님께 공양을 올린 동기에 대해서는 전해 오는 다른 이야기가 몇 있다. 그것을 차례로 좇아 이야기하면 다음과 같다.

만적이 처음 금릉 법림원에서 중이 되었는데 그때 그를 거두어 준 스님에 취뢰(吹賴)라는 중이 있었다. 그 절의 공양을 맡아 있는 공양주 스님이었다. 만적은 취뢰 스님의 상좌로 있으면서 불법을 배우기 시작했다. 그러니까 취뢰 스님이 그에 대한 일체°를 돌보아 준 것이다.

만적이 열여덟 살 때─그러니까 그가 법림원에 들어온 지 5년 뒤─취뢰 스님이 열반°하시게 되자 만적은 스님(취뢰)의 은공을 갚기 위하여 자기 몸을 불전에 헌신할 결의를 했다.

만적이 그 뜻을 법사(법림원의) 운봉선사(雲峰禪師)에게 아뢰자 운봉선사는 만적의 그릇(器) 됨을 보고 더 수도를 계속하도록 타이르며 사신(捨身)°을 허락하지 않았다.

일체 ··· 모든 것.

열반 ··· 승려가 죽음.

사신 ··· 불도의 수행을 위하여 자기의 몸과 목숨을 버림.

만적이 정원사의 무풍암에 해각선사를 찾았다는 것도 운봉 선사의 알선°에 의한 것이다. 그가 해각선사 밑에서 지낸 5년 간의 수도 생활이란 뼈를 깎고 살을 가는 정진이었으나 법력 의 경지는 짐작할 길이 없다.

　　만적이 스물세 살 나던 해 겨울에는 금릉 방면으로 나갔다 가 전날의 사신(謝信)을 만났다. 열세 살 때 자기 어머니의 모 해를 피하여 집을 나간 사신이었다. 그리고 자기는 이 사신을 찾아 역시 집을 나왔다가 그를 찾지 못하고 중이 된 채 어느 덧 꼭 10년 만에 그를 다시 만난 것이다. 그러나 그때 다시 만 난 사신을 보고는 비록 속세의 인연을 끊어 버린 만적으로서 도 눈물을 금할 수 없었던 것이다. 착하고 어질던 사신이 어 쩌면 하늘의 형벌을 받았단 말인고, 사신은 문둥병이 들어 있 었던 것이다.

　　만적은 자기의 목에 걸었던 염주를 벗겨서 사신의 목에 걸 어 주고 그 길로 곧장 정원사에 돌아왔다.

　　그때부터 만적은 화식(火食)°을 끊고 말을 잃었다. 이듬해 봄까지 그가 먹은 것은 하루에 깨 한 접시뿐이었다(그때까지 의 목욕재계°는 말할 것도 없다).

　　이듬해 2월 초하룻날 그는 법사 스님(운봉스님)과 공양주

알선 … 남의 일이 잘 되도록 주선하는 일.

화식 … 불에 익힌 음 식을 먹음.

목욕재계 … 부정을 타 지 않도록 깨끗이 목욕 하고 몸가짐을 가다듬 는 일.

스님 두 분만을 모시고 취단식(就壇式)●을 봉행했다. 먼저 법의를 벗고 알몸이 된 뒤에 가늘고 깨끗한 명주를 발끝에서 어깨까지(목 위만 남겨 놓고) 전신에 감았다. 그리고는 단위●에 올라가 가부좌(跏趺坐)를 개고 앉자 두 손을 모아 합장을 올렸다. 그리하여 그가 염불을 외우기 시작하는 것과 동시에 곁에서 들기름 항아리를 받들고 서 있던 공양주 스님이 그의 어깨에서부터 기름을 들이부었다.

기름을 다 붓고, 취단식이 끝나자 법사 스님과 공양주 스님은 합장을 올리고 그 곁을 떠났다.

기름에 절은 만적은 그때부터 한 달 동안(3월 초하루까지) 단위에서 움직이지 않았다. 가부좌를 갠 채, 합장을 한 채, 숨쉬는 화석이 되어 가고 있었다.

이레●에 한 번씩 공양주 스님이 들기름 항아리를 안고 장막(帳幕; 흰 천으로 장막을 치고 있었다) 안으로 들어오면 어깨에서부터 다시 기름을 부어 주고 돌아가는 일밖에 그 누구도 이 장막 안을 엿보지 못했다.

이렇게 한 달이 찬 뒤, 이날의 성스러운 불공에 참여하기 위하여 산중의 스님들은 물론이요, 원근 각처의 선남선녀들이 모여들어 정원사 법당 앞 넓은 뜰을 메웠다.

취단식 ··· 제단에 나아가는 의식.

단위 ··· 제단의 좌석.

이레 ··· 일곱 날.

대공양(大供養―燒身供養을 가리킴)은 오시* 초에 장막이 걷히면서부터 시작되었다. 500을 헤아리는 승려가 단을 향해 합장을 하고 선 가운데 공양주 스님이 불 담긴 향로를 받들고 단 앞으로 나아가 만적의 머리 위에 얹었다. 그와 동시 그 앞에 합장하고 선 승려들의 입에서 일제히 아미타불이 불려지기 시작했다.

만적의 머리 위에 화관 같이 씌워진 향로에서는 점점 더 많은 연기가 오르기 시작했다. 이미 오랫동안의 정진으로 말미암아 거의 화석이 되어 가고 있는 만적의 육신이지만, 불기운이 그의 숨골(정수리)을 뚫었을 때는 저절로 몸이 움칠해졌다. 그리하여 그때부터 눈에 보이지 않게 그의 고개와 등 가슴이 조금씩 앞으로 숙여져 갔다.

들기름에 절은 만적의 육신이 연기로 화하여 나가는 시간은 길었다. 그러나 그 앞에 선 500의 대중(승려)은 아무도 쉬지 않고 아미타불을 불렀다.

신시(申時)* 말(末)*에 갑자기 비가 쏟아졌다. 그러나 웬일인지 단위에는 비가 내리지 않았다. 만적의 머리 위로는 더 많은 연기가 오르기 시작했다. 염불을 올리던 중들과 그 뒤에서 구경하던 신도들이 신기한 일이라고 눈이 휘둥그레져서

오시 … 24시의 열셋째 시. 낮 열한 시 반부터 열두 시 반까지이다.

신시 … 24시의 열일곱째 시. 오후 세 시 반에서 네 시 반까지이다.

말 … 기간의 끝이나 말기.

「등신불」

1961년 〈사상계〉에 발표된 단편 소설인 「등신불」은 인간의 숙명적인 고통과 번뇌의 구원에 대해 다룬 소설이에요. '나'는 전쟁이라는 피바람, 다시 말해 죄악을 짓는 현실에서 벗어나기 위해 자기 살을 물어뜯는 자기희생을 보이고 불교의 구원을 얻고자 해요. '만적' 또한 마찬가지예요. '만적'은 자신이 살아 있는 것 자체가 이복형제에게 고통을 가져다준다는 죄의식 때문에 소신공양으로 자기희생을 하여 불교의 구원을 얻어요. 이로써 작가는 이 작품을 통해 인간 번뇌의 종교적인 구원의 모습을 보여 주고 있어요.

만적을 바라보았을 때 그의 머리 뒤에는 보름달 같은 원광이 씌워져 있었다.

이것을 본 대중들은 대개 신병을 고치고 따라서 이때부터 새전이 쏟아지기 시작하여 그 뒤 3년간이나 그칠 날이 없었다.

이 새전으로 만적의 타다가 굳어진 몸에 금을 씌우고 금불각을 짓고 석대를 쌓았다…….

원혜대사의 이야기를 듣고 있는 동안 나는 맘속으로 이렇게 해서 된 불상이라면 과연 지금의 저 금불각의 등신금불 같이 될 수밖에 없으리란 생각이 들었다. 그리고 많은 부처님(불상) 가운데서 그렇게 인간의 고뇌와 슬픔을 그대로 지닌 부처님(등신불)이 한 분쯤 있는 것도 무방한 일일 듯했다.

그러나 이야기를 다 마치고 난 원혜대사는 이제 다시 나에게 그런 것을 묻지는 않았다.

"자네 바른손 식지를 물어 보게."

했다.

이것은 지금까지 그가 이야기해 오던 금불각이나 등신불이
나 만적의 분신공양[*]과는 아무런 상관도 없는 엉뚱한 이야기
가 아닐 수 없다.

나는 달포[*] 전에 남경 교외에서 진기수 씨에게 혈서를 바치
느라고 내 입으로 살을 물어 뗀 나의 식지를 쳐들었다.

그러나 원혜대사는 가만히 그것을 바라보고 있을 뿐 더 말
이 없다. 왜 그 손가락을 들어 보이라고 했는지, 이 손가락과
만적의 소신공양과 무슨 관계가 있다는 겐지, 이제 그만 손을
내리어도 좋다는 겐지 뒷말이 없는 것이다.

"……."

"……."

태허루에서 정오를 아뢰는 큰 북소리가 목어(木魚)[*]와 함
께 으르렁거리며 들려온다.

분신공양 ··· 자기 몸을
스스로 불살라 부처에
게 바침.

달포 ··· 한 달이 조금
넘는 기간.

목어 ··· 나무를 잉어
모양으로 만들어 매달
고 두드리는 기구.

자전거 도둑

박완서

❝ 어디선지 고함 소리가 벽력같이 들린다.

"이놈아, 어딜 도망가는 거야, 게 섰거라. 꼼짝 말고."

수남이는 자기에게 지르는 고함은 아니겠지 싶어 그대로 페달을 밟는다.

"아니 이놈이, 어디로 도망을 가려고 이래?"

뒷덜미를 사납게 붙들린다. 점잖고 깨끗한 신사다.

이런 신사가 자기에게 어떤 볼일이 있다는 것인지,

수남이는 도시 짐작을 할 수 없다. **❞**

수남이는 청계천 세운 상가 뒷길의 전기용품 도매상의 꼬마 점원이다.

　수남이란 어엿한 이름이 있는데도 꼬마로 통한다. 열여섯 살이라지만 볼은 아직 어린아이처럼 토실하니 붉고, 눈 속이 깨끗하다. 숙성한 건 목소리뿐이다. 제법 굵고 부드러운 저음이다. 그 목소리가 전화선을 타면 점잖고 떨떠름한 늙은이 목소리로 들린다.

　이 가게에는 변두리 전기 상회나 전공●들로부터 걸려 오는 전화가 잦다. 수남이가 받으면,

　"주인 영감님이십니까?"

　하고 깍듯이 존대를 해 온다.

　"아, 아닙니다. 꼬맙니다."

　수남이는 제가 무슨 큰 실수나 저지른 것처럼 황공해하며 볼까지 붉어진다.

　"짜아식, 새벽부터 재수 없게 누굴 놀려. 너 이따 두고 보자."

　이런 호령이라도 들려오면 수남이는 우선 고개를 움츠려

전공 … 전기공.

알밤을 피하는 시늉부터 한다. 설마 전화통에서 알밤이 튀어 나올 리는 없는데 말이다. 실수만 했다 하면 알밤 먹을 것을 예상하고 고개가 자라 모가지처럼 오그라드는 게 수남이가 이곳 전기 상회에 취직하고 나서부터 얻은 조건 반사◦다.

이곳 단골손님들은 우락부락한 전공들이 대부분이어서 성 질들이 거칠고 급하다. 자기가 요구하는 것을 수남이가 빨리 알아듣고 척척 챙기지 못하고 조금만 어릿어릿하면◦ '짜아식' 하며 사정없이 밤송이 같은 머리에 알밤을 먹인다.

수남이는 그 숱한 전기용품 이름을 척척 알아들을 수 있을 만큼 일에 익숙해질 때까지 숱한 알밤을 먹었다.

그런데 일에 익숙해진 후에도 수남이는 심심찮게 까닭도 없는 알밤을 얻어먹는다. 이 거친 사내들은 그런 짓궂은 방법 으로 수남이를 귀여워하는 것이다. 예쁜 아이를 물어뜯어 울 려 놓고 마는 사람이 있듯이, 이 사내들은 그런 방법으로 수 남이에게 애정 표시를 했다.

"짜아식, 잘 잤냐?"

"짜아식, 요새 제법 컸단 말야. 장가들여야겠는데, 짜아식 좋아서……."

그리곤 알밤이다. 주먹과 팔짓만 허풍스럽게 컸지, 아주 부드러운 알밤이다. 그러니까 수남이는 그만큼 인기 있는 점원인 셈이다.

수남이는 단골손님들에게만 인기가 있는 게 아니라, 주인 영감에게도 여간 잘 뵌 게 아니다. 누구든지 수남이에게 알밤을 먹이는 걸 들키기만 하면 단박 불호령이 내린다.

"왜 하필 남의 머리를 쥐어박어? 채 굳지도 않은 머리를. 그게 어떤 머린 줄이나 알고들 그래, 응? 공부 많이 해서 대학도 가고 박사도 될 머리란 말야. 임자들 같은 돌대가리가 아니란 말야."

그러면 아무리 막돼먹은 손님이라도 선생님 꾸지람에 떠는 초등학생처럼 풀이 죽어서 수남이에게 진심으로 미안해했다. 그러고는,

"꼬마야, 그럼 너 요새 어디 야학이라도 다니니?"

하며 은근히 부러워하는 눈치까지 보였다. 그러면 영감은 딱하다는 듯이 혀를 차며,

"아니, 야학은 아무 때나 들어가나? 똥통 학교라면 또 몰라. 수남이는 내년 봄에 시험 봐서 들어가야 해. 야학이라도 일류로, 그래서 인석이 그저 틈만 있으면 책이라고. 허허……."

수남이는 가슴이 크게 출렁거린다. 수남이는 한 번도 주인

여성 문학의 대표 작가, 박완서

1980년 〈여성동아〉에 『나목』이 당선되어 등단하게 된 박완서는 1980년대 중반부터 여성 문학의 대표적 작가로 세상의 주목을 받았어요. 6·25전쟁의 체험과 분단을 다룬 작품으로 「엄마의 말뚝」, 『그 남자네 집』이 있고, 1970년대의 급속한 산업화에서 인간의 속물적인 모습을 비판하는 『휘청거리는 오후』, 『도시의 흉년』 등이 있어요. 그리고 중년 여성을 통해 여성의 억압 문제를 다룬 작품들로 많은 사람의 사랑을 받았어요. 또한 문학성을 인정받아 한국 문학 작가상, 이상 문학상, 동인 문학상, 황순원 문학상 등을 수상하기도 했어요.

영감님에게 하다못해 야학이라도 들어가 공부를 해 보고 싶단 말을 비친 적이 없다. 맨손으로 어린 나이에 서울에 와서 거지도 안 되고 깡패도 안 되고 이런 어엿한 가게의 점원이 된 것만도 수남이로서는 눈부신 성공인데, 벼락 맞을 노릇이지, 어떻게 감히 공부까지를 바라겠는가?

그러면서도 자기 또래의 고등학생만 보면 가슴이 짜릿짜릿하던 수남이다. 처음 전기용품 취급이 서툴러 시험을 하다 툭하면 손끝에 감전이 되어 짜릿하며 화들짝 놀랐던 것처럼, 고등학교 교복은 수남이의 심장에 짜릿한 감전을 일으키며 가슴을 온통 마구 휘젓는 이상한 힘이 있었다.

그런 수남이의 비밀을 주인 영감님은 알고 있었던 것이다. 수남이는 부끄럽고도 기뻤다.

그래서 수남이는

"내년 봄에 시험 봐서 들어가야 해. 야학이라도 일류로⋯⋯."

할 때의 주인 영감님이 그렇게 좋을 수가 없다. 그 소리를 듣기 위해서라면 그까짓 알밤쯤 하루 골백번을 맞으면 대수랴 싶다. 그런 소리를 자기를 위해 해 주는 주인 영감님을 위해서라면 뼛골이 부러지게 일을 한들 눈곱만큼도 억울할 것이 없을 것 같다. 월급은 좀 짜게 주지만, 그 감미로운 소리를 어찌 후한 월급에 비기겠는가?

수남이의 하루는 눈코 뜰 새 없이 고단하지만 행복하다.

내년 봄—내년 봄은 올봄보다는 멀지만 오기는 올 것이다.

그리고 영감님이 잘못 알아서 그렇지 시험 볼 때는 봄이 아니라 겨울이다.

겨울은 봄보다 이르다.

수남이는 온종일 눈코 뜰 새 없이 바쁘게 일을 하고 밤에는 가게 방에서 숙직[•]을 한다. 꾀죄죄한 다후다 이불[•]에 몸을 휘감고 나면 방바닥이야 차건 덥건 잠이 쏟아진다. 그럴 때 "인석은 그저 틈만 있으면 책이라고⋯⋯" 하던 주인 영감님의 목소리가 생생하게 들려온다. 수남이는 낮 동안 책은커녕 신문 한 귀퉁이 읽은 적이 없다. 도대체가 그럴 틈이 없다. 점원이

숙직 ⋯ 직장에서 밤에 잠을 자면서 지키는 일.

다후다 이불 ⋯ 광택이 있는 얇은 천으로 만든 이불.

적어도 세 명은 있어야 해낼 가게 일을 혼자서 해내자니 여간 벅찬 것이 아니다. 그래도 수남이는 혹사당하고 있다는 억울한 생각 같은 것은 전혀 없다.

어쩌다 남들이 영감님에게

"꼬마 혼자 데리고 벅차시겠습니다. 좀 큰 애 하나 더 써서야죠."

영감님은 그런 소리를 제일 싫어한다. 벌레라도 씹어 먹은 듯이 이상야릇한 얼굴로 상대방을 흘겨보며,

"누가 뭐 사람 더 쓰기 싫어 안 쓰나? 어디 사람 같은 놈이 있어야 말이지. 깡패 놈이라도 걸려들어 봐. 우리 수남이가 물든다고. 이런 순진한 놈일수록 구정물 들긴 쉽거든."

얼마나 고마운 주인 영감님인가? 이런 고마운 어른을 위해 그까짓 세 사람이 할 일 혼자 못할까 하고 양팔의 근육이 팽팽히 긴장한다. 그런 고마운 어른이 보지도 않는 책을 틈만 있으면 본다고 남들에게 자랑을 한 뜻은 밤에라도 잠만 자지 말고 열심히 공부해 두라는 뜻일 것이다. 수남이가 그렇게 풀이한 것이다. 그런 생각을 하면 눈이 말똥말똥해지며 잠이 저만큼 달아난다. 혹시나 하고 보따리 속에 찔러 가지고 온 중학교 때 교과서랑 고등학교까지 다닌 형이 쓰던 참고서

나부랭이를 이렇게 유용하게 쓸 줄은 정말 몰랐었다. 책이라
야 통틀어 그것뿐이었다. 주인 영감님이 심심할 때 사 본 주
간지 같은 것이 굴러다닐 적도 있어서 소년다운 호기심이 동
하지 않는 것도 아니었지만 "인석이 그저 틈만 있으면 책이라
고……" 하며 주인 영감님이 가리키는 책이란 결코 이런 주간
지 조각이 아닐 것이라는 영리한 짐작으로 수남이는 결코 그
런 데 한눈을 파는 법이 없다. 시간이 아까워서라도 그렇게는
할 수 없다. 가게를 닫고 셈을 맞추고 주인댁 식모가 날라 온
저녁을 먹고 나서 혼자가 될 수 있는 시간은 거의 열한 시경
이다.

그때부터 공부라도 해야 되는 것이다. 그러고도 수남이는
이 동네 가게의 누구보다도 먼저 일어나야 하는 것이다. 수남
이의 부지런함은 이 근처에서도 평판이 자자했다.

제일 먼저 가게 문을 열고, 물뿌리개로 골목길에 물을 뿌
리고는 긴 골목길을 남의 가게 앞까지 말끔히 쓸고 나서 가게
안 물건 먼지를 털고, 어떡하면 보기 좋을까 연구를 해 가며
다시 진열을 하고 제 몸단장까지 개운하게 끝낸다. 그제야 주
인 영감님이 나온다.

주인 영감님은 만족한 듯 빙긋 웃고 '짜아식' 하며 손으로

평판 … 세상 사람들의
비평.

수남이의 머리를 더듬는다. 그러나 알밤을 먹이는 일은 한 번도 없었다. 따뜻하고 큰 손으로 머리를 빗질하듯 두어 번 쓸어내려 주고는, 부드러운 볼로 해서 둥근 턱까지를 큰 손바닥에 한꺼번에 감쌌다가는 다시 한 번 '짜아식' 하곤 놓아 준다. 수남이는 그 시간이 좋다. 그래서 남보다 일찍 일어나야 하는 것이다.

아직은 육친애에 철모르고 푸근히 감싸여야 할 나이다. 그를 실제 나이보다 어려 뵈게 하는, 아직 상하지 않은 순진성이 더욱 그에게 육친애를 목마르게 한다. 주인 영감님의 든든하고 거친 손에서 볼과 턱을 타고 전해 오는 따뜻함, 훈훈함은 거의 육친애적이었고 그래서 수남이는 그 시간이 기다려질 만큼 좋았고, 꿀 같이 단 새벽잠을 떨쳐 낸 보람을 느끼고도 남을 충족된 시간이기도 했다.

그 어느 해보다도 긴 겨울이 가고 봄이 왔다. 내년 봄이 아니라 올봄이 온 것이다. 캘린더에는 벚꽃이 만발해 있었다. 그런데도 그 어느 해보다도 길게 해 먹은 겨울이 뭘 아직도 덜 해 먹었는지 화창한 봄날에 끼어들어 심술을 부렸다. 별안간 기온이 급강하하더니 바람까지 세차게 몰아쳤다.

낮 동안 떼어서 세워 놓은 가게 판자문이 요란한 소리를 내고 나자빠지는가 하면, 가게 함석지붕은 얇은 헝겊처럼 곧 뒤집힐 듯이 펄럭대고, 골목 위 공중을 가로지른 전깃줄에서는 온종일 귀신의 휘파람 같은 이상한 소리가 났다.

낮에는 이 가게 골목에서 사고까지 났다. 전선을 도매하는 집 아크릴 간판이 다 마른 빨래처럼 훨훨 나는가 했더니, 곧장 땅으로 떨어지면서 때마침 지나가던 아가씨의 정수리를 들이받고 떨어졌다.

피가 아가씨의 분결같은 볼을 타고 흘러 흰 스웨터에 선명한 붉은 반점을 줄줄이 그렸다. 피를 보자 다 큰 아가씨가 어린애처럼 앙앙 울어 댔다.

가게마다 사람들이 뛰어나왔으나 아가씨를 부축해서 병원으로 달려간 것은 바람에 간판을 날린 전선 도매집 주인 아저씨였다.

사람들은 모두 치료비를 톡톡히 부담해야 할 그 아저씨를 동정했다. 지랄스런 바람이지, 그 아저씨가 무슨 잘못이 있기에 생돈을 빼앗기냐고, 그렇지만 돈지갑 옆구리에 차고 부는 바람 못 봤으니, 그 재수 나쁜 아가씨들 그 재수 나쁜 아저씨한테 떼를 쓸밖에 도리 없지 않겠느냐고 사람들은 쑥덕댔다.

하여튼, 수남이가 알 수 있는 것은 그 아가씨도 그렇고, 그

함석지붕 ··· 아연을 도금한 얇은 철판으로 인 지붕.

아저씨도 그렇고 오늘 재수 옴 붙었다는 것뿐이었다.

수남이는 문득 자기도 재수 옴 붙을 것 같은 예감이 들었다. 그래서 화들짝 놀라 큰 간판을 다시 점검하고 힘껏 흔들어 보고, 대롱대롱 매달린 아크릴 간판은 아예 떼어서 안에다 갖다 두고, 떼어 세워 놓은 빈지문은 좁은 옆 골목 변소 앞에 끼워 놓았다.

바람 부는 서울의 뒷골목은 흉흉하고 을씨년스러웠다. 먼지는 물론 온갖 잡동사니들이 다 날아들어 쓰레기 무더기를 만들었다.

쓸어도 쓸어도 당해낼 도리가 없었다.

손님도 딴 날보다 적고 수남이는 까닭 없이 마음이 울적했다.

시골의 바람 부는 날 풍경이 생생하게 떠올랐다.

보리밭은 바람을 얼마나 우아하게 탈 줄 아는가, 큰 나무는 바람에 얼마나 안달맞게 들까부는가, 큰 나무와 작은 나무가 함께 사는 숲은 바람에 얼마나 우렁차고 비통하게 포효하는가, 그것을 알고 있는 것은 이 골목에서 자기 혼자뿐이라는 생각이 수남이를 고독하게 했다.

전선 가게 아저씨가 어두운 얼굴을 하고 돌아왔다. 가게 주

빈지문 … 한 짝씩 끼웠다 떼었다 하게 만든 문. 비바람을 막기 위하여 덧댄다.

인들이 우르르 전선 가게로 모였다. 아가씨의 안부보다도 그 아가씨 손해가 얼마인가, 모두 그것이 궁금한 모양이었다.

수남이네 주인 영감님도 가더니, 한참 만에 돌아오면서 하늘을 쳐다보며 욕지거리를 했다.

"육시랄 놈의 바람, 무슨 끝장을 보려고 온종일 이 지랄이야."

아마 전선 가게 아저씨 손해가 대단했던 모양이다. 그래서 동정 삼아 그렇게 화를 내는 눈치다. 하긴 그런 일이 아니더라도 서울 사람들에게는 바람이 손톱만큼도 반가울 리가 없겠다. 바람의 의미를, 간판이 날아가는 횡액, 한없이 날아오는 먼지, 쓰레기 그것밖에 모르니까.

봄바람이 게으른 나무들에게, 잠든 뿌리들에게, 생경한 꽃망울들에게 얼마나 신기한 마술을 베풀고 지나갔나를 모르니까. 봄바람이 한차례 지나고 거짓말 같이 화창하고 아늑하게 갠 날, 들판이나 산등성이에 있어 본 적이 없을 테니까.

수남이는 다시 한 번 울고 싶도록 고독해진다.

전화를 받은 주인 영감님이 좀 생기가 나더니 계산서를 작성해 주면서 ○○상회에 20W 형광 램프 다섯 상자만 배달해 주고 오란다. 가까운 데 있는 소매상에서는 이렇게 전화 주문

횡액 ··· 뜻밖에 닥쳐오는 불행.

으로 배달까지를 부탁해 오는 수가 많다. 수남이는 자전거도 잘 타 배달이라면 문제도 없다.

그래도 오늘은 바람이 유난해서 조심하느라 형광 램프 상자를 밧줄로 꼼꼼히 묶는다. 주인 영감님까지 묶는 걸 거들어 주면서,

"인석아, 까불지 말고 조심해. 사고 내 가지고 누구 못할 노릇 시키지 말고."

오늘 장사가 좀 잘 안 돼서 그런지 말씨가 퉁명스럽긴 했지만, 나쁜 말은 아닌데도 수남이는 고깝게 듣는다.

꼭 네깐 놈 다칠 게 걱정이 아니라 나 손해 볼 게 겁난다는 소리로 들린다.

수남이는 보통 때 같으면 "할아버지, 다녀오겠습니다" 하고 신바람 나게, 그리고 붙임성 있게 외치고는 방긋 웃어 보이고 나서야 페달을 밟고 씽 달렸을 터인데, 오늘은 왠지 그래지지가 않는다. 아무 말 안 하고 자전거를 무거운 듯이 질질 끌다

가 뭉기적 올라타면서 느릿느릿 페달을 젓는다. 주인 영감님이 뒤에서 악을 쓴다.

"인석아 조심해. 까불지 말고."

주인 영감님의 목소리가 회오리바람을 타고 이상하게 날카롭고 기분 나쁘게 들린다. 수남이는 '챗' 하고 혀를 차고는 도망치듯 씽 자전거의 속력을 낸다.

형광 램프를 ○○상회에 부리고 나서 수금하는 데 또 한참이 걸린다. 장사꾼의 생리란 묘한 데가 있다.

수남이는 아직도 그 생리*만은 이해가 안 될 뿐더러 문득문득 혐오감까지 느끼고 있다.

금고에 돈을 수북이 넣어 놓고도 꼭 땡전 한 푼 없는 얼굴을 하고 도무지 돈을 내주려 들지를 않는다. 조금 있다 오란다. 그동안에 수금이 되면 주겠다는 것이다.

그러나 이쪽에선 그 수에 넘어가지 말고 악착같이 지키고 서서 받아 내야 하는 것이다. 그것이 수남이가 서울에 와서 점원 노릇하면서 배운 상인 철학 제1항이었다.

"아유, 오늘 더럽게 장사 안 된다."

○○상회 주인은 니코틴이 새까맣게 달라붙은 이빨 안쪽을 드러내고 크게 하품을 한다. 돈을 빨리 안 주는 변명 같기도

수금 … 받은 돈을 거두어들임.

생리 … 생활하는 습성이나 본능.

하고, '인석아, 하루 종일 기다려 봐라, 누가 돈을 호락호락 내 줄 줄 아니?' 하는 공갈● 같기도 하다.

그러나 수남이는 들은 척도 안 하고 장승처럼 버티고 서 있다. 저런 수에 넘어가 호락호락 물러가면 주인 영감님에게 야단맞는 것도 맞는 거려니와, 앞으로 열 번도 넘게 헛걸음을 해야 수금을 끝마칠 수 있기 때문이다.

그것도 목돈이 아니라 500원, 천 원씩 푼돈을 녹여서 말이다.

이럴 때 수남이는 이 세상에 장사꾼처럼 징그러운 족속이 또 있을까 싶은 생각이 나서 한숨이 절로 난다. 그러면서도 자기도 어느 틈에 장사꾼다운 징그러운 수를 쓰고 만다.

"오늘 물건 대금은 꼭 결제해 주셔야 돼요. 은행 막을 돈이란 말예요."

수남이는 은행 막는다는 말의 정확한 뜻을 잘 모른다.

그 번들번들하고 위엄 있는 은행이 뒤로 어디 큰 구멍이라도 뚫려 있단 소린지, 뚫려 있기로서니 왜 장사꾼이 막아야 하는지 잘 모르는 채로, 급하게 돈을 받아 내려는 장사꾼들이 으레 심각한 얼굴을 하고 그런 소리를 하기에 수남이도 그래 보는 것이다.

공갈 … 공포를 느끼도록 억박지르며 을러댐.

"짜아식, 알았어. 기다려 봐. 돈 들어오는 대로 줄께."

주인이 퉁명스럽게 대답하곤 수남이의 머리에 힘껏 알밤을 먹인다. 수남이는 잽싸게 고개를 움츠렸는데도 눈에 눈물이 핑 돌 만큼 독한 알밤이다.

장사 더럽게 안 된다는 주인 말과는 달리 손님이 쉴 새 없이 들락거린다. 정말로 가게는 조그마하지만 길목이 아주 좋다. 수남이는 좁은 가게에서 이리 밀리고 저리 밀리면서 잘 버틴다. 버틸 뿐 아니라 속으로 돈이 얼마나 들어오나 암산까지 하고 있다.

소매상이라 큰돈은 안 들어와도 그동안 들어온 돈이 어림잡아 만 원은 됨 직하다. 수남이는 비실비실 안 나오는 웃음을 웃으며,

"어떻게 결제 좀 해 줍쇼."

하고 또 한 번 빌붙는다. 주인은 '짜아식' 하며 또 한 번 알밤을 먹이곤 500원짜리, 100원짜리 합해서 만 원을 세 번이나

세어 보더니 아까운 듯이 내준다.

"짜아식, 끈덕지기가 꼭 뙤놈 같다니까, 됐어."

칭찬인지 욕인지 모를 소리를 하고 찍 웃는다. 수남이는 주인이 세 번씩이나 세어서 준 돈을 또 두 번이나 센다. 그러고 나서야 "고맙습니다. 안녕히 계십쇼" 하고는 저만큼 자전거를 세워 놓은 쪽으로 휭하니 달음질친다.

바람이 여전하다. 저만큼서 흙먼지가 땅을 한 꺼풀 벗겨 홑이불처럼 둘둘 말아 오는 것 같이 엄청난 기세로 몰려온다. 골목 안의 모든 것이 '뎅그렁', '와장창', '우르릉' 하고 제각기의 음색으로 소리 높이 비명을 지른다.

드디어 흙먼지 홑이불이 집어삼킬 듯이 수남이의 조그만 몸뚱이를 덮친다. 수남이는 눈을 꼭 감고 숨을 죽인다.

바람이 지난 후 수남이는 눈을 뜨고 침을 탁 뱉는다. 입속에 모래가 들어와 깔깔하고 목구멍이 알싸하니 아프다. 다시 자전거 쪽으로 걷는다. 조금 전만 해도 서 있던 자전거가 누워 있다. 그래도 날아가진 않았으니 다행이다.

자전거뿐 아니라 골목의 모든 것이 다 제자리에 그대로 있다. 수남이는 그것이 신기하다. 누워 있는 자전거를 일으켜 세우고 날렵하게 올라타 막 페달을 밟으려는데, 어디선지 고함 소리가 벽력같이 들린다.

"이놈아, 어딜 도망가는 거야, 게 섰거라. 꼼짝 말고."

수남이는 자기에게 지르는 고함은 아니겠지 싶어 그대로 페달을 밟는다.

"아니 이놈이, 어디로 도망을 가려고 이래?"

뒷덜미를 사납게 붙들린다. 점잖고 깨끗한 신사다. 이런 신사가 자기에게 어떤 볼일이 있다는 것인지, 수남이는 도시 짐작을 할 수 없다. 게다가 신사는 몹시 화가 나 있다. 신사를 화나게 할 일을 자기가 저질렀다고는 더구나 생각할 수 없다.

"인마, 꼼짝 말고 있어."

신사의 말이 아니더라도 꼼짝하려야 할 수 있을 처지가 아니다. 꼼짝은커녕 숨도 제대로 쉴 수 없을 만큼 수남이의 뒷덜미는 신사의 손에 잔뜩 움켜쥐어져 있다.

"인마, 네놈의 자전거가 쓰러지면서 내 차를 들이받았단 말야. 이런 고급차를 말야. 이런 미련한 놈, 왜 눈을 째려, 째리긴. 그러니 내 차에 흠이 안 나고 배겼겠냐? 내 차는 인마, 여자들 손톱만 살짝 닿아도 생채기가 나는 고급차야 인마, 알간?"

그리고는 거울처럼 티 하나 없이 번들대는 차체를 면밀히

도시 … 도무지.

면밀히 … 자세하고 빈틈이 없이.

박완서의 「엄마의 말뚝」

박완서의 또 다른 대표작으로는 1980년대에 발표한 세 편짜리 연작 소설인 「엄마의 말뚝」이 있어요. 먼저 「엄마의 말뚝 1」은 유년 시절 '나'가 엄마, 오빠와 함께 고향을 떠나 서울에 정착하기 위해 노력하는 어머니를 바라보고 있어요. 「엄마의 말뚝 2」는 6·25전쟁 때 좌익으로 전향하였다가 살해당한 오빠의 기억을 떠올리는 어머니를 보여 줘요. 마지막 「엄마의 말뚝 3」은 화장되어 강물에 뿌려지기 바랐던 엄마의 소망과 달리 서울 근교의 공원묘지에 묻히는 어머니의 마지막 모습을 그리고 있어요. 이 연작 소설은 6·25전쟁의 비극과 분단의 고통을 '어머니'의 모습을 통해 표현하고 있는 작품이에요.

훑어보더니 "그러면 그렇지" 하고 환성을 질렀다. 아마 생채기를 찾아낸 모양이다.

"일은 컸다. 인마, 칠만 살짝 긁혔어도 또 모르겠는데 여봐라, 여기가 이렇게 우그러지기까지 했으니 일은 컸다, 컸어."

신사가 덩칫값도 못하게 팔짝팔짝 뛰면서 잘 봐 두라는 듯이 수남이의 얼굴을 차에다 바싹 밀어붙였다.

수남이는 차체에 비친 울상이 된 자기 얼굴을 볼 수 있을 뿐이었다. 꼭 오늘 재수 옴 붙은 일이 날 것 같더라만 이런 끔찍한 일이 일어나고 말았구나. 울음이 왈칵 솟구친다. 그러자 제 얼굴도, 차체의 흠도 아무것도 안 보이고 온 세상이 부옇게 흐려 보일 뿐이다.

"울긴, 인마. 너 한 달에 얼마나 버냐?"

신사의 목청이 다분히 누그러지며 목소리에 연민이 담긴

것을 수남이는 재빨리 알아차린다. 그러나 흑흑 소리까지 내어 운다.

"울긴 짜아식, 할 수 없다. 너나 나나 오늘 재수 옴 붙은 걸로 치고 반반씩 손해 보자. 5천 원만 내."

수남이는 너무 놀라 울음까지 끄르륵 삼키고 신사를 쳐다본다. 그사이 사람들이 큰 구경이나 난 것처럼 모여들어 신사와 수남이를 에워싼다.

누군가가 뒤에서 "빌어, 이놈아. 그저 잘못했다고 무조건 빌어" 하고 속삭인다. 수남이는 여러 사람들이 자기를 동정하고 있다고 느끼자 적이 용기가 난다.

"아저씨, 잘못했습니다. 한 번만 용서해 주십시오. 네, 아저씨."

제법 또렷한 소리로 용서를 빈다.

"용서라니? 이만큼 했으면 됐지 어떻게 더 용서를 해?"

"아저씨, 그러시지 말고 한 번만 봐주서요. 네, 아저씨."

수남이는 주머니에 들은 만 원 생각을 하면 얼굴이 화끈대고 공연히 무섭기까지 하다. 그렇지만 주인 영감님을 위해 그 돈만은 죽기를 무릅쓰고 지킬 각오를 단단히 한다.

"아니, 욘석이 이제 보니 이런 큰일을 저지르고 그냥 내뺄

심사 아냐? 요런 악질 녀석 같으니라고."

신사의 표정은 은은히 감돌던 연민이 싹 가시고 점잖게 무표정해진다.

그리고는 옆에 섰던 운전사인 듯한 남자에게

"안 되겠네. 요런 악질 깡패 녀석하고 시비해 봤댔자 공연히 시간만 낭비니, 자네 자물쇠 하나 마련해다 주게. 이 녀석 자전걸 잡아 놓기로 하세. 언제든지 5천 원 가져와서 찾아가라고."

그리고는 주머니에서 500원짜리를 한 장 꺼내서 운전사에게 주는 것이었다. 수남이로서는 전혀 예기치 못했던 사태였다.

주머니의 만 원에 대해서만 생각했었지 자전거에 대해선 전혀 생각이 미치지 못했었다.

운전사는 금방 커다란 자물쇠를 하나 사 가지고 왔다. 신사는 다시 네놈은 쳐다보기도 싫다는 듯이 수남이를 전혀 상대 안 하고, 묵묵히 자전거 바퀴에다 자물쇠를 채우고, 앞에 빌딩을 가리키면서,

"나 저기 306호실에 있으니까 돈 5천 원 갖고 와. 그러면 열쇠 내줄 테니."

하고는 수남이를 힐끗 흘겨보고 유유히 빌딩 속으로 사라
져 갔다.

수남이는 울지도 못하고 빌지도 못하고 그냥 막연히 서 있
었다.

수남이와 신사의 시비를 흥미진진하게 구경하던 사람들도
헤어지지 않고 그냥 서 있었다.

아마 수남이가 앙앙 울거나, 펄펄 뛰면서 욕을 하거나 그런
일이 일어나 주기를 기다리는 눈치였다.

수남이는 바보가 돼 버린 아이처럼 조용히 멍청히 서 있었
다. 누군가가 나직이 속삭였다.

"토껴라* 토껴. 그까짓 것 갖고 토껴라."

그것은 악마의 속삭임처럼 은밀하고 감미로웠다. 수남이
의 가슴은 크게 뛰었다. 이번에는 좀 더 점잖고 어른스러운
소리가 나섰다.

"그래라, 그래. 그까짓 거 들고 도망가렴. 뒷일은 우리가 감
당할게."

그러자 모든 구경꾼이 수남이의 편이 되어 와글와글 외쳐
댔다.

"도망가라, 어서어서 자전거를 번쩍 들고 도망가라, 도망

토끼다 … '도망가다'를
속되게 이르는 말.

가라."

　수남이는 자기편이 되어 준 이 많은 사람들을 도저히 배반할 수 없었다. 이상한 용기가 솟았다. 수남이는 자전거를 마치 검부러기*처럼 가볍게 옆구리에 끼고 질풍 같이 달렸다.

　정말이지 조금도 안 무거웠다. 타고 달릴 때보다 더 신나게 달렸다. 달리면서 마치 오래 참았던 오줌을 시원스레 내깔기는 듯한 쾌감까지 느꼈다. 주인 영감님은 자전거를 옆에 끼고 질풍처럼 달려온 놈을 눈을 휘둥그렇게 뜨고 바라볼 뿐이었다. 오늘 바람이 세더니만, 필시 이 조그만 놈이 바람에 날아왔나, 설마 그럴 리야 없을 텐데 내 눈이 어떻게 된 것인가 그런 눈치였다.

　수남이는 너무 숨이 차서 이런 주인 영감님의 궁금증을 시원히 풀어 주지 못하고 한동안 헉헉대기만 한다.

　"인마, 말을 해. 무슨 일이야? 네놈 꼴이 영락없이 도둑놈 꼴이다, 인마."

　도둑놈 꼴이라는 소리가 수남이의 가슴에 가시처럼 걸린다. 수남이는 겨우 숨을 가라앉히고 자초지종*을 주인 영감님께 고해바친다. 다 듣고 난 주인 영감님은 무엇이 그리 좋은지 무릎을 치면서 통쾌해한다.

검부러기 … 가느다란 마른 나뭇가지의 부스러기.

자초지종 … 처음부터 끝까지의 과정.

"잘했다, 잘했어. 만날 촌놈일 줄만 알았더니 제법인데, 제법이야."

그러고는 가게에서 쓰는 드라이버니 펜치를 가지고 자전거에 채운 자물쇠를 분해하기 시작한다. 엎드려서 그 짓을 하고 있는 주인 영감님이 수남이의 눈에는 흡사 도둑놈 두목 같아 보여 속으로 정이 떨어진다. 주인 영감님 얼굴이 누런 똥빛인 것조차 지금 깨달은 것 같아 속이 메스껍다.

마침내 자물쇠를 깨뜨렸나 보다. 영감님 얼굴에 회심의 미소가 떠오르더니 자유롭게 된 자전거 바퀴를 시험이라도 하려는 듯이 자전거로 골목을 한 바퀴 빙그르르 돌아 들어와서는

"네놈, 오늘 운 텄다."

그러고는 수남이의 머리를 쓰다듬고 볼과 턱을 두둑한 손으로 귀여운 듯이 감쌌다. 영감님이 기분이 좋을 때면 수남이에 대한 애정의 표시로 으레 그렇게 했었고, 수남이도 그걸 좋아했었다. 그런데 오늘은 싫다. 영감님의 손이 싫다. 그것이 운 트기는커녕 재수 옴 붙었다는 생각이 여전하고, 수남이는 그날 온종일 우울했다. 그러나 자기가 왜 그렇게 우울한지 그걸 차분히 생각할 새도 없는 바쁜 하루였다.

가게 문을 닫고 주인댁에서 날라 온 저녁밥을 먹고 나면 비

로소 수남이 혼자만의 시간이다. 꿀 같은 시간이었다. 책을 펴 놓고 영어 단어를 찾고, 수학 문제를 풀어 보고, 턱을 괴고 소년답게 감미로운 공상에 잠길 수 있는 그런 시간이었다.

그러나 오늘 수남이는 그게 되지를 않았다. 책을 집어던졌다. 낮에 내가 한 짓은 옳은 짓이었을까? 옳을 것도 없지만 나쁠 것은 또 뭔가? 자가용까지 있는 주제에 나 같은 아이에게 5천 원을 우려내려고 그렇게 간악하게 굴던 신사를 그 정도 골려 준 것이 뭐가 나쁜가? 그런데도 왜 무섭고 떨렸던가? 그때의 내 꼴이 어땠으면, 주인 영감님까지 "네놈 꼴이 꼭 도둑놈 꼴이다"고 하였을까?

그럼 내가 한 짓은 도둑질이었단 말인가? 그럼 나는 도둑질을 하면서 그렇게 기쁨을 느꼈더란 말인가?

수남이는 몸을 부르르 떨면서 낮에 자전거를 갖고 달리면서 맛본 공포와 함께 그 까닭 모를 쾌감을 회상한다. 마치 참았던 오줌을 내깔길 때처럼 무거운 억압이 갑자기 풀리면서 전신이 날아갈 듯이 가벼워지는 그 상쾌한 해방감―한 번 맛보면 도저히 잊혀질 것 같지 않은 그 짙은 쾌감, 아아 도둑질하면서도 나는 죄책감보다는 쾌감을 더 짙게 느꼈던 것이다. 혹시 내 피 속에 도둑놈의 피가 흐르고 있기 때문이 아닐까?

순간 수남이는 방바닥에서 송곳이라도 치솟은 듯이 후닥닥 일어서서 안절부절을 못하고 좁은 방 안을 헤맸다.

수남이의 눈앞에는 수갑을 차고, 순경들에게 끌려와 도둑질 흉내를 그대로 내 보이던 형의 얼굴이 환히 떠오른다. 그리고 서울 가서 무슨 짓을 하든지 도둑질만은 하지 말라고 신신당부[●]하던 아버지의 얼굴도 떠오른다.

수남이의 형 수길이는, 온 집안 식구가 기대를 걸고 고등학교까지 마쳐 준 보람도 없이 집에서 빈들대다[●]가, 어느 날 갑자기 서울 가서 돈 벌고 성공해서 돌아오겠다는 말 한마디를 남기고 훌쩍 집을 나갔다.

편지 한 장, 하다못해 인편[●]에 안부 한 마디 없는 2년이 지났다. 그 동안 아버지는 푹 노쇠하고, 어머니는 뼈만 남게 야위어서 수남이랑 동생들이랑을 들볶았다.

들볶는 푸념 속에서 무정한 장남에 대한 원망과 함께 그래도 행여나 하는 기대가 곁들여 있는 것을 수남이는 느낄 수 있었다.

수남이도 뭔가 형에 대한 기대를 안 할 수가 없었다. 동생들이 발바닥이 다 닳아 없어져 웃더껑이[●]만 남은 운동화를 신고 다니는 걸 봐도 "조금만 참아, 큰형이 돈 많이 벌어 가지고

신신당부 … 거듭하여 간곡히 하는 당부.

빈들대다 … 부끄러운 줄 모르고 게으름을 피우며 뻔뻔스럽게 놀기만 하다.

인편 … 오거나 가는 사람의 편.

웃더껑이 … 물건의 위에 덮어 놓는 물건을 이르는 말.

「자전거 도둑」

1999년에 발표한 동화집 『자전거 도둑』에 실린 단편 소설인 「자전거 도둑」은 1970년대 우리나라의 경제 개발이 한창이던 시기를 배경으로 하고 있어요. 시골에서 올라와 청계천의 한 상가에서 일하는 '수남이'와 물질적 욕심만 추구하고 양심과 인정을 잃어버린 '주인 영감님'과 '자동차 주인'의 모습을 통해 삭막한 현대인의 모습을 강하게 보여 줘요. 여기에 본의 아니게 자전거 도둑이 되고 만 '수남이'는 자신의 행동을 돌이켜 보며 갈등하다 자신의 길을 찾게 돼요. 이로써 앞으로 살아가면서 누구나 겪을 수 있는 수많은 유혹 앞에서 현대인은 어떤 선택을 해야 할지 묻고 있어요.

오면 운동화랑 잠바랑 다 사 줄게" 하는 말을 할 지경이었다.

형이 돈을 많이 벌어 오면─이런 기대에 온 집안 식구가 하루하루를 매달려 살았다. 어느 날 밤, 형은 돌아왔다. 옷과 운동화와 과자와 고기를 한 짐이나 되게 사 가지고. 형이 정말 돈을 벌어서 별의별 것을 다 사 가지고 온 것이었다. 아버지는 밤중이지만 동네 사람을 모아 큰 잔치를 벌이지 못해 안달을 했다. 형이 험악한 얼굴을 하고 안 된다고 했다.

잔치는커녕 동생들이 좋아서 떠드는 것도 못하게 윽박질렀다.

수남이는 지금도 그날 밤 일이 생생하다. 그날 밤, 형의 누런 똥빛 얼굴은 정말로 못 잊겠다. 꼭 악몽 같다.

다음 날 형은 읍내에서 온 순경한테 수갑이 채워져 붙들려 갔다. 형은 악을 써서 변명을 하며 갔다.

"2년 만에 빈손으로 집에 들어갈 수는 없었단 말야. 도저히 그럴 수는 없었단 말이야."

그래서 읍내 양품점을 털어 돈과 물건을 훔친 것이다. 다음에 수남이가 형을 본 것은 읍내에 현장 검증인가를 나왔을 때다. 도둑질한 것을 다시 한 번 되풀이해 보여 주는 것인데, 딴 구경꾼들 틈에 섞여 수남이는 몸서리를 치면서 그것을 봤다. 그 도둑놈과 형제간이란 게 두고두고 생각해도 몸서리가 쳤다.

아버지는 화병으로 몸져눕고 집안 형편은 말이 아니었다. 수남이는 드디어 어느 날 형이 그랬던 것처럼 서울 가서 돈 벌어 오겠다고 집을 나섰다. 아버지는 말리지 않았다. 문지방을 짚고 일어나 앉아서 띄엄띄엄 수남이를 타일렀다.

"무슨 짓을 하든지 그저 도둑질은 하지 말아라, 알았쟈?"

그런데 도둑질을 하고 만 것이다. 하지만, 수남이는 스스로 그것은 결코 도둑질이 아니었다고 변명을 한다.

그런데 왜 그때, 그렇게 떨리고 무서우면서도 짜릿하니 기분이 좋았던 것인가?

문제는 그때의 그 쾌감이었다. 자기 내부에 도사린 부도덕성이었다. 오늘 한 짓이 도둑질이 아닐지 모르지만, 앞으로

양품점 ··· 서양식으로 만든 물품을 전문적으로 파는 가게.

문지방 ··· 출입문 밑의 두 문설주 사이에 마루보다 조금 높게 가로로 댄 나무.

도둑질을 할지도 모르겠다는 생각이 들었다. 형의 일이 자기와 정녕 무관한 일이 아니란 생각이 들었다.

소년은 아버지가 그리웠다. 도덕적으로 자기를 견제해 줄 어른이 그리웠다. 주인 영감님은 자기가 한 짓을 나무라기는 커녕 손해 안 난 것만 좋아서 "오늘 운 텄다"고 좋아하지 않았던가?

수남이는 짐을 꾸렸다.

아아, 내일도 바람이 불었으면. 바람이 물결치는 보리밭을 보았으면.

마침내 결심을 굳힌 수남이의 얼굴은 누런 똥빛이 말끔히 가시고, 소년다운 청순함으로 빛났다.

공부의 즐거움을 깨치는 〈공부가 되는〉 시리즈!

공부가 되는 세계 명화
글공작소 글 | 18,000원

공부가 되는 한국 명화
글공작소 글 | 18,000원

공부가 되는 그리스로마 신화
글공작소 글 | 12,000원

공부가 되는 별자리 이야기
글공작소 글 | 12,000원

공부가 되는 공룡 백과
글공작소 글 | 장은경 그림 | 13,000원

공부가 되는 탈무드 이야기
글공작소 엮음 | 12,000원

공부가 되는 삼국지
나관중 원작 | 장은경 그림 | 12,000원

공부가 되는 유럽 이야기
글공작소 글 | 14,000원

공부가 되는 조선왕조실록 1,2 (전2권)
글공작소 글 | 김정미 감수 | 각 13,000원

공부가 되는 저절로 영단어
디니엘 리 글 | 14,000원

공부가 되는 우리문화유산
글공작소 글 | 14,000원

공부가 되는 저절로 고사성어
글공작소 글 | 15,000원

공부가 되는 한국대표고전 1, 2 (전2권)
글공작소 글 | 각 13,000원

공부가 되는 셰익스피어 4대 비극·5대 희극 (전2권)
윌리엄 셰익스피어 원작 | 글공작소 엮음 | 각 14,000원

공부가 되는 논어 이야기
공자 원작 | 글공작소 엮음 | 14,000원

공부가 되는 식물도감
글공작소 엮음 | 37,000원

공부가 되는 경제 이야기 1,2 (전2권)
글공작소 글 | 각 13,000원

성격과 기질로 알아보는 어린이 직업백과
글공작소 글 | 김영석 그림
17,000원

성격과 기질로 알아보는 롤모델 인물백과
글공작소 글 | 김영석 그림
19,000원

아름다운 어른이 되는 생각 습관
다니엘 리 엮음
12,000원

엄마는 외계인
박지기 글 | 조형윤 그림
8,500원

아름다운사람들